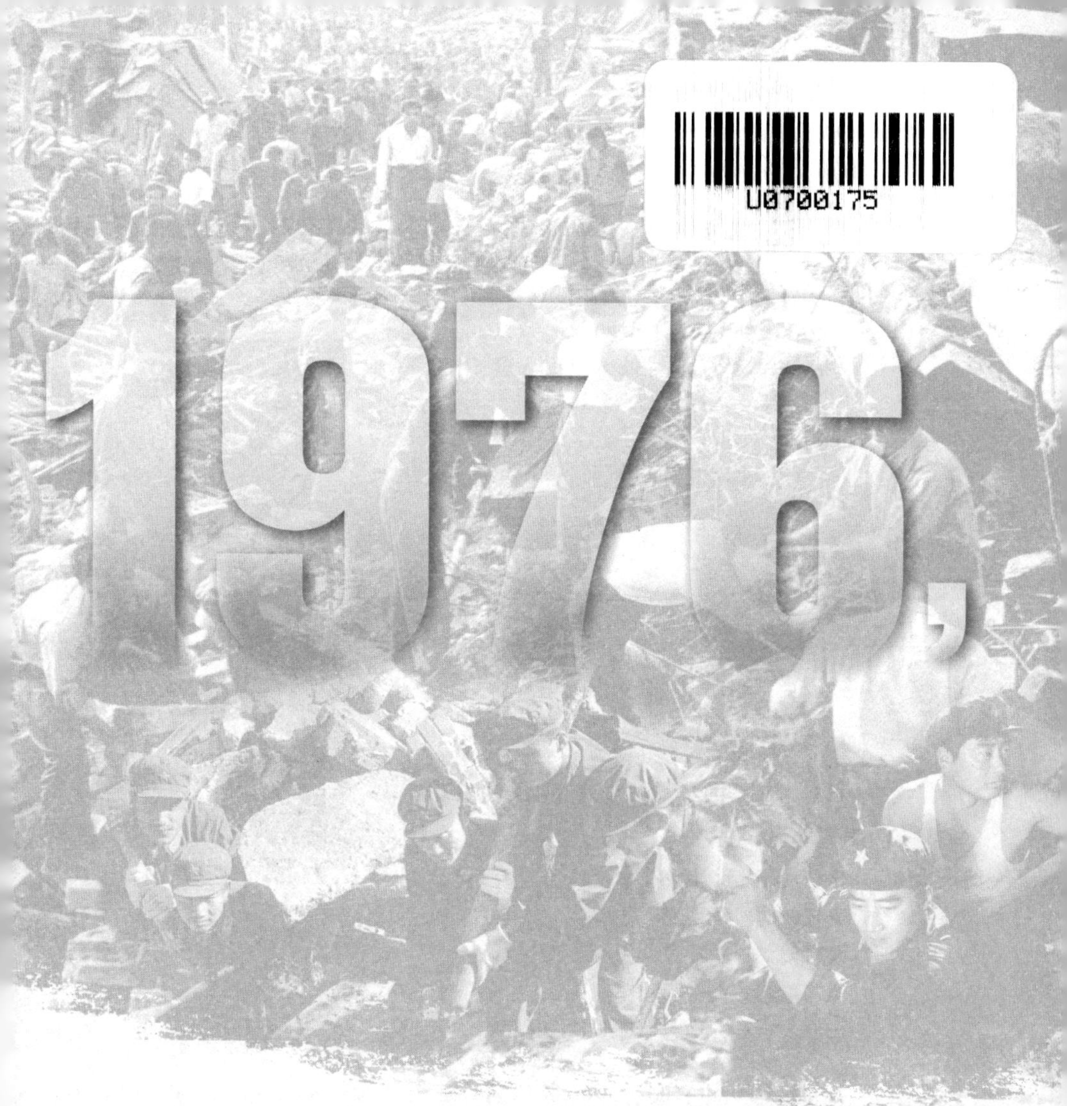

1976,
红星在唐山闪耀
HONGXING ZAI TANGSHAN SHANYAO

马誉炜◎著

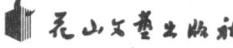

图书在版编目（CIP）数据

1976，红星在唐山闪耀 / 马誉炜著. —石家庄：花山文艺出版社，2019.5（2020.8重印）
ISBN 978-7-5511-4593-0

Ⅰ.①1… Ⅱ.①马… Ⅲ.①报告文学－中国－当代 Ⅳ.①I25

中国版本图书馆CIP数据核字(2019)第070954号

书　　名：	1976，红星在唐山闪耀
著　　者：	马誉炜
责任编辑：	张采鑫　李　鸥
责任校对：	李　鸥
装帧设计：	王爱芹
美术编辑：	胡彤亮
出版发行：	花山文艺出版社（邮政编码：050061）
	（河北省石家庄市友谊北大街330号）
销售热线：	0311-88643221/29/31/32/26
传　　真：	0311-88643225
印　　刷：	三河市嘉科万达彩色印刷有限公司
经　　销：	新华书店
开　　本：	700×1000　1/16
印　　张：	12.5
字　　数：	135千字
版　　次：	2019年6月第1版
	2020年8月第2次印刷
书　　号：	ISBN 978-7-5511-4593-0
定　　价：	30.00元

（版权所有　翻印必究·印装有误　负责调换）

目录 CONTENTS

引 子 ·· 001
一、紧急动员 ·· 003
二、长途奔袭 ·· 008
三、救人第一 ·· 014
四、震区找水 ·· 020
五、奋不顾身 ·· 026
六、搬运尸体 ·· 030
七、有家不回 ·· 037
八、带伤抢险 ·· 043
九、火线入党 ·· 048
十、温暖一幕 ·· 055
十一、面对灾难 ·· 062
十二、众人忆往 ·· 068
十三、白衣天使 ·· 074
十四、花季女兵 ·· 079
十五、可爱一江 ·· 084

十六、承渤之死	088
十七、惠婷遇难	092
十八、难忘十月	097
十九、烈火丹心	101
二十、肖大将军	107
二十一、特殊岗位	113
二十二、大爱惊天	119
二十三、新旧对比	126
二十四、能参善谋	131
二十五、三考"学生官"	136
二十六、团队领班	141
二十七、增长见识	147
二十八、震后重生	152
二十九、孤儿不孤	158
三十、矢志不移	165
三十一、人人有故事	170
三十二、联合作战	176
三十三、历练中成长	181
三十四、别情依依	186
后　记	192

引 子

引　子

1976年，无疑是中华人民共和国历史上一个重要的年份。

1月8日，全国人民敬爱的周恩来总理逝世；4月初，北京发生举世瞩目的天安门事件；7月6日，享有崇高威望的朱德委员长逝世；7月28日，河北省唐山市发生7.8级特大地震；9月9日，

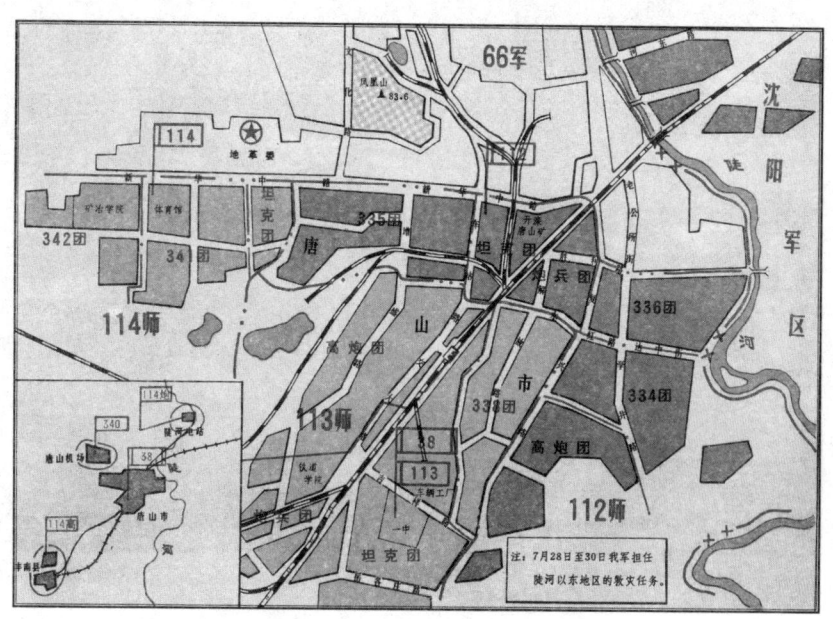

38军唐山抗震救灾任务区分示意图

 红星在唐山闪耀

伟大领袖毛泽东主席病逝；10月6日，党中央一举粉碎"四人帮"，新中国的历史翻开了新的一页……

我就是在那年春天参军入伍的。3月7日，一个雪后的日子，身着崭新军装的我，跨入地处冀中平原清风店的北京军区陆军第38军114师341团军营的大门。

转眼四十多年过去，真的是"弹指一挥间"。

1976年，是我人生履历中值得记录的一年，是我军旅生涯的起跑线。入伍四个多月后，我随所在的38军部队参加了一场抗震救灾的战斗，在唐山度过了四个多月惊心动魄的日日夜夜。

这么多年过去了，我的记忆深处，总是浮现着那一年，闪耀在唐山废墟上的颗颗红星……

一、紧急动员

当过兵的人都知道，新兵入伍训练一般都是四个月左右。可我们这批兵，刚刚训练了一个月，就匆匆下到老兵排了。为啥？只因为那年4月初，北京爆发了天安门事件。1976年清明节前夕，北京各界为悼念敬爱的周总理，纷纷涌向天安门广场集会，有的献花篮，有的发传单，有的作诗篇，有的张贴大字报，有的发表演说……记得当时最著名的一首诗是这样写的："欲悲闻鬼叫，我哭豺狼笑；洒泪祭雄杰，扬眉剑出鞘。"

人们通过纪念和缅怀周总理，抒发对"四人帮"倒行逆施行径的不满，演变成一场声势浩大的群众抗议活动。

一时间，北京告急！急需部队去维持秩序，那时起了一个名词叫"劝阻"。我们突然结束新兵训练，说的就是准备马上进京，执行"劝阻"任务。当时每个人发了一份《告大中学校学生书和执行"劝阻"任务须知》，其实就是上级机关制定的宣传口径，明确无论出现什么情况，只能动口不动手，耐心细致做好思想工作和阻止群众聚集的行动。

任务明确之后，我们就和老兵们一起，打好背包，整理好行囊，然后就集合到团里的大操场上，等待下达出发命令。可就这

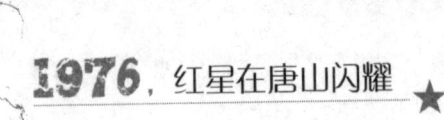

样苦苦等了两个整天,最后来通知说,北京的事件平复了,解散回连队进行正常的训练。晚上,我们从广播里听到,这次天安门事件被定性为"反革命行动",中央决定撤销邓小平党内外一切职务,保留党籍。华国锋任党中央第一副主席、国务院总理。之后,就是经常要到团部的大礼堂里听报告,传达上级关于天安门事件的基本情况和平息这次事件的意义,以及彻底清查与这次事件相联系的人和事的要求。

就这样,我们提前结束了新兵训练,投入了正常训练之中。我从新兵排下到一排二班。排长是四川云阳人,叫潘廷孝,个子不高,脸白里透红,说着一口浓重的四川话。班长叫申三元,湖南省邵东县水东江人,1970年底入伍,个子也不高,眼睛大,脸白,眉毛很细,湖南口音重,经常穿着袖口磨破了的褪色旧军装。班长是初中生,入伍前在村里当会计,写得一手好字,他记的笔记和日记,我是经常看的。他对我有些偏爱,从不让我干那些苦力活,而是多给我安排出黑板报、写发言稿等活计。我高中毕业后,被乡里推荐参加县里办的"文学创作学习班",学习结束后,被县文化馆留下,主要任务是编辑(油印)《景县文艺》双月刊。当兵后,部队喜欢"文化人",新兵下连都抢着要我,我们班长就是通过走我新训时班长宗国胜的"后门",把我抢到手的。在学校时,体育基本上和我不沾边,因此到部队后,摸爬滚打、单杠双杠这些科目,我都很难过关,但班长从来不批评我,总是耐心给

作者1976年摄于河北定州清风店38军114师341团军营

一、紧急动员

我纠正动作，鼓励我克服心理障碍，掌握动作要领，赶上训练成绩。当时我的个头还不满一米八，但在新兵里算是个头高的，队列训练、站军姿这些，我都不怵头，动作也比较标准。

记得有一次全营在一起跑步，正跑着，副营长叶青海突然下达立定的口令，部队立定后，叶副营长说："训练了半天，我们不少兵连跑步摆臂都不会，我就看机枪一连这个排头的小伙子动作不错，下面让他给大家做一下示范！"他说的机枪一连就是我们连，那天的排头兵就是我，嘿，一不小心，还当了一次示范兵。

人对自己历史上的荣誉都记得牢。就是这么一件小事，我一直记着，记着那位小个子、黑黑的叶副营长。听说他后来调到石家庄高级步校当教员，早已辞世了。那个阶段，我每天除了训练，就是写黑板报、当小值日、帮厨。反正，新兵，在连队没有闲着的时候。

转眼到了酷热难耐的7月，华北平原天气奇热，晚上一个排十几个人住在一个宿舍里，那时也没有什么电扇空调之类，再挂上部队那个年代配发的密不透风的小蚊帐，入睡难呀。一般是午夜后睡得最香。

7月28日这天凌晨3点42分许，突然一阵晃动，惊醒了大概除我之外的所有人，全排、全连的官兵都迅疾跑出宿舍。我是被班长申三元叫醒，连拉带扯拽起来的。

"地震啦！""地震啦！"整个营区的人都在喊。有的说，听到像一阵闷雷声，有的说看到外边一道火光，有的说听到木床嘎吱嘎吱响……我是啥也不知道，只是感激班长申三元，关键时刻"拉兄弟一把"，如果赶上房倒屋塌那样的情况，这无异于救命。人们纷纷议论着：不知震中在什么地方，恐怕这地震小不了啊！过了好一会儿，见没什么动静，大家又回屋继续睡觉了。

当天中午，我们就发现团部的吉普车来往频繁，不时还有运

输汽车出库的声音。隐约听说天津以东地区发生大地震了，师部那边部队都上去了……我们的心头不觉一震：该不会也让我们去救灾吧？如果真的有任务，我们一定要争取上。

我所在的步兵第341团，历来是38军的主力团，战争年代敢打敢拼，英勇善战，战绩突出。和平时期勇担重任，屡建功勋，出政绩、出成果、出干部。我所在的一营机枪一连，是有着天津战役"打得好、团结好、纪律好"和"滇南战斗模范连"荣誉称号的连队，和平时期优良传统仍在传承，是全团的先进连队。我入伍后，隔三差五被团政治处找去抄连队建设经验的材料，那时传统打字机尚不普及，文字材料都是靠手抄，用圆珠笔，放上复写纸，一次复印三四份。在这样的团队和连队当兵，荣誉感自然更强，总盼着有任务、夺红旗、争第一、争头功。

晚饭后，连长、指导员到团部参加"紧急会议"，连队官兵已经摩拳擦掌，跃跃欲试了！炊事班"兵马未动，粮草先行"，已开始收拾野战炊事用具了。

约在晚上10时左右，一阵紧急集合的哨音划破夜空。只听值星排长一声唤：全体带马扎、板凳，速到饭堂集合开会！说时迟，那时快。全连以最快的速度集合完毕。那会儿，感觉饭堂里的气氛有点凝固，真是掉下一根针来也能听得见。

连长侯传义是1962年入伍的老同志，用夹杂着河南口音的普通话明确任务：连队奉命明天早上6时，开赴冀东地区执行抗震救灾任务。要求全体同志立即做好出发准备：司机班马上检修车辆，排除故障隐患，确保半路不抛锚；一二三排立即收拢在营区附近执行农副业生产、站岗执勤人员；副连长侯庆云负责确定留守人员，并管理好在连队休养的病号；副指导员李锁亮负责做好演唱组现场鼓动准备工作……

尔后，我们连队指导员耿仁虎作简短动员，他是1965年兵，辽

一、紧急动员

宁大连人，说话声音浑厚，落地有声："同志们！养兵千日，用兵一时。党和人民考验我们的时候到了！我们机枪一连的老前辈，用生命和热血换来'打得好、团结好、纪律好'的锦旗，不能在我们的手上掉下来，只能增光添彩，不能抹黑！谁英雄，谁狗熊，抗震救灾现场比一比，看一看，我希望大家都不要当孬包软蛋！都要以实际行动接受挑战和考验，困难再大，环境再苦，我们也没有二话！大家有没有信心？""有！有！有！"全连官兵群情振奋，斗志昂扬！

应声喊声震天动地，像是要把饭堂的屋顶掀翻。

二、长途奔袭

连队集中紧急动员之后,排班接着都开了短会,都是号召坚决完成任务,关键时刻不能掉链子,并进一步明确分工。班务会还未结束,连部通信员传令,让我到连部去,指导员耿仁虎找我有事。打报告敬礼,但见连部气氛陡然紧张,连长侯传义和几位排长看着一张华北地图,像是正在筹划行动路线;指导员耿仁虎正在与连队的老病号、老班长唐玉山谈话,言辞还有点儿激烈。听那意思是唐班长不想在家负责留守兼休养,也想随连队一道去抗震救灾。但指导员就是不同意:"老唐,过去打仗,有打进攻的,也有打助攻的。在家留守也很重要嘛!分工不同嘛!都不想留守,连队那些猪怎么办?毛驴怎么办?临时来队家属谁管?咱们菜地里那些土豆、豆角、黄瓜都不要啦?前边有了情况需要后边处理找谁联系呢?再说,你身体刚恢复,体力不支,也不宜干那救灾的险活儿……""指导员,我家就在北戴河牛头崖,也许离震中区很近,社情地形都熟悉,您还是考虑考虑,我是病号,但我更是老兵,是党员,眼下国家有难,我绝不能袖手旁观哪!"

这唐玉山的情况,我入伍后就听说了。他是在训练场上突发急性阑尾炎被紧急送团卫生队抢救的,也许是团卫生队的医疗技术不

二、长途奔袭

过关，把阑尾切除了，却落下个什么肠粘连病，就是肠子某一个部位粘在一起了，影响肠道内食物运行，疼起来比阑尾炎还难受。没办法唐玉山又做了第二次手术，现在疼痛有所缓解，但还是要吃流食，食物稍硬就不好办。

唐玉山最后还是服从决定留守了。我们参加唐山抗震救灾4个多月，期间家中亲友来信或寄来的包裹什么的送往前方，还有一些同志带的衣物不足也要从小包库里的后留包中取出捎来。这些工作，唐班长做了很多，他还经常给我写信，抄录一些名人警句，用于激励我的行动。比如："人爱自己的历史，就像鸟儿爱自己的翅膀""最淡的墨水，胜过最强的记忆""工作向高标准看齐，生活向低标准看齐""在一个人身上失去原则，就在千百人那里失去说服力""对于不知足的人，没有一条板凳坐着是舒服的"等等，这些使我一生都受益的格言，都是唐玉山班长当年抄给我的。

指导员耿仁虎这个时候找我，是要我以连队党支部的名义，向团党委写一份决心书，要求一页纸，把我们机枪一连的优良传统和政治优势写出来，决心在抗震救灾中承担最为艰巨的任务。他特别叮嘱我，一定要写上这样几句话："疾风知劲草，烈火识真金。机枪一连的党员干部个个都是英雄好汉，敢于赴汤蹈火，冲锋陷阵。请团党委信任我们，考验我们！请党和人民放心、满意！"我按照指导员的意见，很快就起草好了。他又让我工整地抄在一张红纸上，和通信员宋迪银一起送到团政治处组织股去了。那一晚上，连队各屋的灯都熄得很晚……

第二天一大早，部队就在营区集中，开始了长途摩托化行军。当时，咱们国家的军队，只有我们38军和沈阳军区的39军实现了"摩托化"，连队装备有"解放牌"汽车，部队出动全部乘车。后来知道在这次唐山抗震救灾中这两个军都是第一批动用的，体现了大战用精兵的战略思想。

1976，红星在唐山闪耀 ★

我们团的车队足有几十公里长，从营区出动，行进在通往京广铁路的两排笔直油绿的大杨树中间，甚是壮观！我当时坐在颠簸的汽车里，情绪很激动，有马上投入抗灾抢险的责任感和使命感，也有当兵后第一次参加大行动、长途跋涉的新鲜感和自豪感。

当天我在日记本上写下这样的诗句：

灾情就是命令

无声的命令

我们是人民子弟兵

听令而行，闻令而动

哪里需要，哪里就有闪闪的红星

哪里危险，我们就在哪里发起冲锋

祖国母亲，您放心吧

让刀山火海检验我们的忠诚

亲爱的人民，您放心吧

青春理想在报效祖国中升腾……

作者所在部队急赴唐山抗震救灾

二、长途奔袭

那时候,国家还没有高速公路,国道也是刚刚能错过一台车的柏油路,尽管当时地方车辆并不多,但由于路况不太好,坑坑洼洼的,再加上军车车辆多、车队长,摩托化行军的速度快不起来,顶多也就是六七十迈。

团部的宣传车一个劲地喊话:"各位司机请注意!各位司机请注意!灾情紧急!灾情紧急!在确保安全的情况下,希望大家适当加快速度!"

用了足足大半天,才到了天津北。过了天津,就陆续有震灾景象出现了:有的道路出现裂缝,裂缝中有翻涌出的沙子;有的道路出现塌陷,有的房屋出现倒塌……军地救灾的车辆也明显增加,但我们的车队还是没有停下的意思。究竟要去哪里?哪里是震中区?我们这些基层连队的士兵都搞不大清楚。后来知道,那时由于通信条件和地震预报水平落后,地震发生后,震区一带通信、交通瘫痪,震中区的详细情况,包括当时的中央最高领导层了解起来也用了很长一段时间。我们坐在盖有篷布的汽车里,闷热难耐,大家时不时地探出头,看看外边的景象:来回穿梭的警车,焦急赶路的人们,围观的百姓……

过了塘沽、汉沽,前边马上就到宁河了。突然传来消息:停止前进,原地待命!前边宁河大桥被地震震垮了,正在组织舟桥部队快速架桥和修复。这时已是傍晚时分,天渐渐地暗了下来。我们根据连队的安排下车来自由活动。临近天黑,连队命令,抓紧时间睡觉,何时出发还不一定,睡足觉有利于到达灾区后及时投入战斗。

我立即从车上取下雨衣铺在汽车旁边的路上,想抓紧时间休息会儿。可刚闭上眼睛,就觉得脸上什么东西在挠,用手一拍,嚯,是一个大大的蚊子!长腿大棒,比苍蝇也不小,只是苗条些罢了。这是我从小以来见过最大的蚊子,叮起人那叫一个狠。

1976，红星在唐山闪耀

从那以后，我知道，天津以东地区有大蚊子，是我从军后印象深刻的三大蚊子产地之一。其他两个地方一个是老山前线，那里有"三个蚊子一盘菜"之说；一个是呼伦贝尔边防，那里有个"八达山"哨所，蒙古语意为蚊子多的地方，边防哨所的士兵曾经最怕上厕所，冬天怕天冷冻屁股，夏天怕蚊子咬屁股。有的兵被逼得没办法，爬到电线杆子上去拉屎，因为蚊子飞不了那么高。

蚊子咬得睡不着，我们就围在一起听老兵讲故事，天南海北，家长里短，连队的陈谷子烂芝麻，听得津津有味。这也是在连队得天独厚的待遇，听老兵侃大山。新兵什么都新鲜，一般不发言，就像刚刚懂事的孩子，可以问这问那，但不可以张牙舞爪，喧宾夺主。更不能出难题把老兵们难住，那要惹出尴尬场面，小心老兵"收拾"你哟！

也不知过了多长时间，哨音响了，继续前进。我们从刚架起浮桥的宁河大桥过去，发现架桥的那些舟桥兵都在桥头空地上相互倚着睡着了，他们肯定是累坏了。也不知道是否有大蚊子叮咬他们。

天亮时，我们进入市区，从路标看，写的是唐山，印象中的唐山市是一个重工业城市，有钢铁厂，有开滦矿务局，有机车车辆厂，有大中院校……但眼前是一片废墟：烟囱倒了！楼塌了！横七竖八都是砖头和水泥预制板、钢筋。铁路扭曲了！有的铁轨拧成了麻花，有些集装箱都在铁路边上斜躺着。街上碎石瓦砾遍地，电线杆子横在路中央，电线到

战士们跑步急行军进入灾区

二、长途奔袭

处都是。路边的废墟旁到处躺的都是人的尸体,有的盖着一块破布,有的盖着被褥,有的卷着一块席子,两只脚丫子伸在外边,大人小孩、老人妇女都有。满城充满凄惨、悲伤,三三两两活着的人,腰里缠着布片的、床单的,有的脸上胳膊上还带着血迹,手里拿着饭碗,有的坐在废墟上哭诉着、拍打着、摸索着……此情此景,让我们这些涉世未深的新兵有点毛骨悚然、惊恐万状。

"解放军来啦!""解放军来啦!""快救救我们,唐山都平了!我们没法活了呀!""这里据说还要地震,要变成海了!""我要喝水,我要吃饭!"……老百姓们见我们的军车开过来,兴奋地喊着,瞪着惊喜惊恐期盼兼有的眼神看着我们。

连首长在驾驶楼里喊话:"老乡们!我们来就是救你们的,大家先让一让,让一让,我们还要再往前开、往前开啊!……"望着眼前灾难中无助的百姓,路边尸横遍地,堆积成山的废墟,我们都沉默不语,心如刀绞,人人心底升腾起一股强烈的责任感和使命感,身上憋足了劲儿。盼望上级赶快命令我们停下来,尽快投入抗震救灾的战斗!唐山,我们来了!

三、救人第一

连队的车队越过碎石瓦砾、电线纵横的街道,终于在一个好像是学校的小广场上停下了。部队迅速下车,官兵们手持铁锹、镐把、钢钎等简易工具,齐刷刷站成四排。

连长侯传义作简短动员:"同志们!我们已经到了震中区的位置,这里就是战场!唐山人民在滴血啊!考验我们的时候到了!……一排跟随我在我左手方向楼群废墟展开搜救,二排跟随排长赵俊康在我右手方向废墟进行排查,三排跟随副连长侯庆云在我身后正西方这座废墟全力搜排!同志们哪!现在正是救援的最佳时机,我们不要放弃任何一个可能生还的人!"

部队进入地震灾区时的情景

此时,正是中午时分。7月末的唐山,太阳烤人。连队官兵们昼夜奔袭,一天多来吃饭睡觉都无保证,下了车又停水停电,更为难办的是,有事想问当地百姓,一般都是有气无力

三、救人第一

地回答三个字："不知道"。这么强烈的大地震，人死的死，伤的伤，好不容易活下来的人，大都目光呆滞，神情木然，还没有从惊恐中缓过神来。许多人默默无语，不知干什么好，有的就是守着路边的尸体哭泣或干坐着望天，一脸无奈无助的表情。那时部队也没有现在的帐篷、炊事车等保障装备。在哪里吃饭、喝水？在哪里露营、住宿？大家都顾不上想这些，都只有一个念头，那就是救人！救人！脸上、身上的汗水不是滴答，而是像小溪一样流淌、流淌……

我们二班负责的这片废墟，可能是学校的教职员工宿舍。从甩出的一些物品看，学生的作业本、老师批改作业用过的蘸水笔（现在早已无人用了）、粉笔盒、三角尺等教学用具较多。我们有的用铁锹敲打水泥预制板，一遍一遍地喊着："老师！有人吗？""喂喂！有人请回答！……"有的在用钢钎、铁锹等挖着废墟，将那一个个水泥预制板挪开，哼唷嗨哟地抬到另一个地方，仔细查看扒开的废墟里有没有生命迹象。

地震灾区已是一片废墟

不一会儿，发现一间倒塌的宿舍里有人！地震的时间，是凌晨3点42分，正是夏日人们睡得最香的一个时间段。许多的人都在睡梦中来不及醒来就被掩埋住了。这家我们发现的第一个女主人显然早已没气了，身上只穿了一件花色内裤，白白的皮肤上沾满灰土，还有几道红红的血痕。班长申三元见状，带着哭腔喊着："小马，快去找个被单过来！"我连忙递过被单，班长迅速

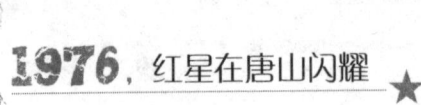

给死者裹住遗体，几个人迅即将其抬出废墟，平放到小广场一侧，此时那里的死尸已经成排，个个身上盖着草席、床单或被褥、报纸，满是灰土的脚趾裸露在外边……

当我和另一位战友把这具死尸安顿好，有些吃力地再次爬上废墟时，突然传来一阵低沉的欢呼声和叫声，原来在刚才那位妇女的身下一个空当里，一张斜塌的小木桌下面，发现了一个像是还在昏睡的婴儿，大概还不满周岁，嘴上全是泥土，但还有呼吸。显然是母亲生前最后时刻有保护自己孩子的意识，孩子还有救！这就是母爱啊！我顿觉身上来了精神，刚才产生的疲劳感一下子抛到九霄云外，三步并作两步跑到救人现场，正听班长申三元喊："哪个有水？哪个有水呀？"班里战友互觑半天，大眼瞪小眼：水？是啊！水呢？谁有水？几个人都舔了舔嘴唇，呆住了。——半夜里，在宁河大桥附近灌得那壶水早喝干了。这时，刚赶到的我赶紧从肩上把军用水壶取下，里面还有省下的小半壶水呢！这是我的"强项"，参军前在家上学时，放暑假常推着小独轮车到德州去磨面，几十公里走下来，回到家干粮和水都还剩下些，母亲常说："俺这三儿，会过日子，没菜汤和咸菜不吃干粮，也真够难养的。"这么多年，我确实不习惯在外边就着凉水吃干粮的生活，当然也有不到最后，不能把身上的食物和水全用完的意念。这次，没想到这个习惯救了急。

但按照医疗常识，长久断水的人一旦获救，不能马上补充大量的水，那样于救人适得其反。班长申三元接过我的水壶，只是给孩子的嘴唇抿了抿。闻讯赶来的卫生员曾荣学等人迅速把小孩抱起，转移到在广场待命的救护车上。记得那是一个女婴，如果当时抢救过来，现在也该是四十多岁的中年人了。也不知她后来的命运如何。

在同一处屋子里，我还看到那位男主人的背影，一个高个

三、救人第一

子男人，佝偻着腰，做着向外跑的动作，但他的脖子被垮下来的门框死死地压在下面，两只胳膊也被挤进门框与水泥柱之间，脊背上全是碎石渣和灰尘。这个瞬间死去的背影牢牢地印刻在我的记忆里。当兵前，我除了爷爷奶奶和本院里的其他两位老人辞世时，见过他们生命弥留之际的景况以及死后的尸体，从没有见过唐山这样成片成片的尸体，更没有见过因灾因祸意外死亡的人的尸体，没见过这么多人在流血。最初，真有点毛骨悚然的惊恐感。过了一些时间，就不害怕了，只觉得人的生命真是无常，旦夕祸福，全在霎时瞬间，有很多时候真令人猝不及防，猝不及防啊！纵是有多少理想打算，有多少金银财宝，有多少喜怒哀愁，都统统地、统统地烟消云散，一笔勾销。

我们还在楼群废墟的高层里，发现一个木床上并排躺着5个人，1个老人，4个孩子，都已窒息而死。老人的鼻子和耳朵里都是血，她布满青筋、满是皱纹，毫无血色的胳膊还挽着身边两个孩子的胳膊，身子扭曲着做着痛苦状。孩子们最小的也就两三岁，有的赤身裸体，旁边还放着积木、皮球等玩具。由于天热，孩子头皮上的血都结了痂，有的满脸都是水泡，像是被水泡泛了的样子。我们轻轻地把她们一个个抱起，用床单被褥裹住捆扎好，依次标上此人在何处发现，与哪几具尸体属于一家等标识，尔后抬到小广场的路边，顺序排放，以便在掩埋时集中安置。

刚把这一家人安顿好，我突然发现路边的一个男性"尸体"的头摆动了一下，头上盖着的半张《唐山劳动报》也掉了下来，接着他的脚趾也弯曲了一下。啊！这人是不是还活着？赶快喊来卫生员曾荣学，撩开裹着的布单，用听诊器一听，有轻微的心跳声！快！快！抬上救护车！指导员耿仁虎迅即下达命令：把路边的尸体一律重新再过一遍，发现生命迹象立即采取救护措施。在

1976，红星在唐山闪耀

二排五班搜寻点上，还发现一个年轻人是自己从官兵们撬开的预制板下爬出来的，吃惊地望着解放军，喊着："我渴，渴……"随即又晕了过去。

我还发现在一个楼群废墟下坐着一个老太太，边大声嚎哭，边摸索着在寻找什么，不知为什么，我的眼前竟突然浮现出母亲的身影，连忙上前安慰老太太。原来她的儿子、儿媳和孙子孙女都不幸在地震当中遇难了，她不愿意相信这突如其来的祸殃，几十个小时一直在自己住房的废墟上寻找家的味道。我把老人送到安置点上，并劝她面对现实，想开点儿。老人感激地望着我远去的身影，不时用手帕擦着眼睛。

我们连队清理废墟、寻找生命的任务，进展快，而且搞得比较细。大家注意边干边摸索规律。对找出的死尸，专门安排两个班搬运、料理；对发现的有生命迹象的人，马上安排卫生员曾荣学联系救护车救护；对在废墟里挖出的贵重物品，如手表、收音机、现金以及存折等，都由文书李子星负责登记上缴。

当时，地震过后，唐山地委和行署政府部门瘫痪，时任地委书记、革命委员会主任叫许家信，据说是从原24军部队师职干部转业地方的一位领导干部，也是在一片废墟里被别人救出的，我们在震灾现场见过他穿着一身旧蓝色制服的样子。社会秩序一时混乱，听说还有趁火打劫的，个别人竟敢抢银行，听说

战友们在抗战救灾现场（右一和右二分别是作者同时期战友刘会明和宋希泉）

三、救人第一

被民兵当场击毙。我们团也发生某连队指导员企图贪占灾民一只手表的丑事。从那时起，我就更加明白了，关键时刻是检验人品意志的试金石。革命，有烈士，有叛徒；打仗，有英雄，也有狗熊。遇到事儿上，是对人们平时人生观世界观价值观较劲儿的时候，是骡子是马，一遛就能看出来。一个人，只有在平凡的日子里，对是非、荣辱、正误、虚实，有正确的认识和看法，并模范地践行崇高，趋向真善美，才能在关键时刻不掉链子，经得起各种考验。

从7月底进入唐山震区，一直到8月上旬，我们的任务主要就是救人。我们团的"博山无坚不摧模范连"二营四连，创造出地震13天后救出女工卢桂兰的奇迹。这名女工当时正在唐山商业医院住院，被砸在屋下后，靠着有限的一点液体和自己的尿液，活到部队救援时。当人们好不容易把她从废墟里抢救出来时，她用微弱的声音高呼："毛主席万岁！""解放军万岁！"医务人员担心她气力不足，怕喊话影响生命体征，千方百计阻止她喊话，可这位女工一直喊到救护车跟前，感动得我们热泪盈眶。那真是生命的呼唤啊！

2016年春天，我在唐山抗震救灾纪念馆里，还见到四连官兵当初救出卢桂兰的大幅照片。这可能是唐山救灾中最后一个被救出的人。为了救人而不伤人，有镐头、铁锹而不用，许多官兵用手刨，手套磨烂了，一双双手磨得鲜血淋淋，都全然不顾。几十个小时，官兵们没吃一口饭，没喝一口水，一个劲儿地清理废墟，抬水泥预制板，挖出一个个死去的和活着的同胞。

唐山大地上，上演着一幕幕"红星照我去战斗"，震灾无情、人间有爱的活剧。

四、震区找水

约在7月30日下午,唐山地区又发生了较大余震。刚刚趋于平静的城市,废墟瓦砾又发出刺耳的挤压声,废墟上冒起些许烟尘,显得有几分恐怖和瘆人。

此刻,从我们连救灾场地的楼的底层,又传来一个人断断续续的微弱呼救声。指导员耿仁虎冒着余震钻进打开的洞口里。漆黑闷热的洞里,灰尘呛得他头晕目眩,洞内碎砖烂瓦不断掉落下来,砸在指导员的身上、头上。洞的顶部葡萄架式的水泥预制板,不时地交错颠簸,发出撕心裂肺的响声。这响声,把刚才那微弱的呼救声淹没得无影无踪,耿指导员把脸紧紧贴在洞壁上,屏声静气仔细听……听见了!那微弱的呻吟声是从残墙的裂缝里传出来的!指导员高兴地叫着:老乡!我听到你的声音了!我们正在组织救你,你要节约体力,千万不要睡觉!也不要喊话啦!我们让你敲击的时候请你用砖石块敲一下墙壁,好吗?

但就在这时,人们发现有一块水泥预制板架在半截残墙上,死死地挡住了营救的去路。指导员一声令下:"同志们!我们把洞上的这些东西都搬走!"随着话音,耿指导员满身尘土、灰头土脸地钻了出来,与战士们一起动手搬盖在洞口的那些预制板、

四、震区找水

钢筋等物件。没有吊车,没有铲车,官兵们硬是用钢铁般的臂膀和肩头,把70多块水泥板抬走了,把14根水泥过梁和成千上百公斤的钢筋抬走了,一堆堆砖石瓦砾和被砸坏的室内各种设施也被清除了。就这样,从四楼残顶到一楼底层,幸存者王晋老师出现了!可最后还有两根水泥梁斜成十字架死死地卡在他的脚上,使他无法抽出身来。此时王晋看到官兵们由于饥渴劳累个个眼睛布满了血丝,有的战士的指甲都抠掉了,鲜血直淌,他眼含热泪恳求道:"解放军同志!求求你们,快把我的脚锯掉吧!再也不能让你们担险受累啦!""老师,您不要喊,不要喊!再苦再累,我们也要把你完整地救出来呀!"大家一面安慰王晋,一面找来铁丝绳索,拴住大梁,在耿指导员的统一号令下,我们几十号人一起拉,终于把大梁吊起来,最后把王晋救了出来。这位中

战士们在徒手清理废墟,搬除水泥预制板

1976,红星在唐山闪耀

学语文老师,紧紧握着耿指导员的手,久久不愿松开:"解放军!你们是我一辈子都忘不了的恩人哪!"

正当人们为救出王晋老师感到高兴时,七班班长荣世忠报告:四川籍彝族战士黑孜孜拉虚脱,昏过去了。指导员愣了一下,焦急地带三排长梁殿如和七班长荣世忠,还有卫生员曾荣学,快步流星朝三排救灾现场赶去……渴,渴,渴!对救灾部队官兵来说,眼下最主要的需求就是吃饭和喝水了。吃饭有提前在出发地清风店营房带来的面包、压缩饼干和罐头,但那时还没有现在的瓶装矿泉水,喝水一时间就成了大问题了。部队官兵许多人都趴在地上喝低洼处下雨残留下来的泥水,大家的嘴唇都晒爆皮了,口干得快伸不出舌头来了!

瘦瘦的副连长侯庆云把我和另一个新兵黄光才叫到跟前:"你们俩快到炊事班找个水桶,给我想一切办法去弄点儿水来!"弄点儿水?去哪里弄?我和小黄喊了声:"是……"显然,答应得也不那么干脆利落。尔后抬着水桶漫无边际地走着。心里想着:水,水!来震区一天多了,我们还没有见到水的影子呢!走着,走着,我和小黄忽然听到不远处像是有"咚咚……"打水的声音,便顺着声音寻觅过去。

原来,那发出"咚咚"水的声音的地方,不知是一个什么企业单位的游泳池。地震的头天晚上,这里攒动着身着泳装的男女惬意地消遣嬉戏。此时池中浅浅的水,散发出一股浓浓的漂白粉的味道,上面漂浮着柴草、木棍、纸屑等污物。在饥渴难耐的灾区,这里成了人们此时饮用水的重要源泉。游泳池的周围都是前来打水的人们。我们看到,有几个女子将头伸进水桶,喝一口黏黏的水,"哇"地一声吐了起来。然而,吐过之后,又拂了拂长长的头发,把头再次伸进桶里,大口大口地喝起来,喝完了又吐……没办法,我和小黄也只能在这里打水了。我们两个抬了满

四、震区找水

满一桶水,急匆匆往连队驻地赶。一上路,肩上这桶水格外引人注目。许多的百姓拿着茶缸、水杯到我们抬的水桶里来舀水。我们一边为找水的人们指点着游泳池的方向,一边接待着来舀水的人们。大约走了一公里,桶里的水就被百姓们舀光了。没办法,我们两个又折回到游泳池,再度打满一桶水,显然这水质比刚才那桶更差了。这次我俩紧跑慢赶,还是不时有百姓拦住舀水,两三公里的路途,我们俩足足走了一个小时。

好不容易到了连队,侯庆云副连长正指挥着战士们抬水泥预制板,清理楼群废墟,寻找新的生命。只见水泥预制板下变了形的屋架又挤压着一位穿着整齐、也许是刚下夜班的男尸,他的一条腿在门内,一条腿伸出门外,显然是当时正想往外跑,还未跑出来就被砸挤在里面了。我见到侯副连长的眼睛红红的,瘦削的脸庞更黑更瘦了。连队的班长和战友们脸上都淌着汗,嘴唇干裂着。见我和小黄抬水来了,副连长说了声:"我们这两匹小黄马终于找到水啦!来,大家喝口水再干。"喝口水?只能是喝口水。一路上群众舀去那么多的水,我俩抬的水只剩下半桶了。这副连长侯庆云,老家鲁西北德州地区陵县人,离我景县老家很近,他还是到我老家接过兵的干部,家访时去过我家,见了我多有亲近感,感情上自然觉得贴近些。瘦瘦的侯副连长拿起一个黄绿色的军用洗漱杯子,舀了一杯水。这一小杯水,在几十号战友间传来传去,大家只是湿润一下嘴唇、喉咙,便一声不吭地又去抬那预制板了。没有一个人说起这水的味道,谁知是尝不出来,还是顾不上说呢?

这样的镜头似曾相识。在电影《上甘岭》上,坑道里,那一个苹果在战士和伤病员间传来传去,不也是这样谦让,这样的深情吗?人民军队的优良传统,就像一个大家庭好的家风一样,一代代在传承,在发扬光大。有了这样的家风,这样的传

统，家能兴、业能旺，军队就能打胜仗啊！最后，侯副连长又舀起一小杯水，说："来！小马，小黄！你们两个也喝一口吧！"我俩都摇摇头，说我们刚才打水的时候喝过了。其实，我们俩在抬水的路上确实喝过水，但那是在路边低洼处，可能是什么时候下雨积下的薄薄一层水。那水是烫的，黄色的，满是土腥味夹杂着一股骚臭味。小黄是四川宜宾高县人，没有多少文化，基本不识字，边趴在地上喝水边抬起脸对我说："他妈的，小马仔，这水在家里打死哪个龟儿子也不会喝哟！"我说："嘿，你老人家快知足吧！你看老兵们抬那预制板多累，他们现在连这水也还喝不上呢！再说，副连长派咱俩出来找水，也是对咱的信任，也是对咱的照顾，可以先喝为快，这真是个美差呀！"当时说得我俩都笑起来。

这个黄光才，平时话少，只是爱咧着嘴笑。由于没有多少文化，一到搞教育讨论，他就主动要求去出公差。在连队许多战友都看不上他，有时还讥笑他的憨厚无知，但我和他处得很好，经常主动帮助他写家信，在一起聊天，有空还教他认字写字。他对我一直也很不错，后来在望都柳坨农场劳动，一次他突然提出要借我的凉鞋穿穿。我虽有点不悦，但还是借给了他。谁知他原来是看到我的凉鞋坏了一个洞，鞋带儿也快断了，他悄悄地用蜡烛把橡胶烤化，给我把凉鞋破处补好，又把凉鞋很快还给了我。望着修补如新的凉鞋，我很是感激。人心都是肉长的。人心换人心，玛瑙对黄金。这话一点都不假。黄光才虽没有文化，但心地善良，心里有数。共起事儿来比那些有文化的弯弯绕靠谱多了。他当了三年兵就退伍回四川老家了，和我也失去联系好几十年了，不知他现在还记得我们这段共同找水的经历吗？

地震灾区这种缺水喝的状况大概也就持续了三天。团里首长下决心解决部队和群众饮水问题，因为许多官兵由于喝臭水沟里

四、震区找水

的脏水拉起肚子。我还好，也许毕竟在农村摔打过，算是吃过苦的人，又仗着年轻火力旺，这脏水倒没有放倒我，不到万不得已的时候我是宁可渴着，也不喝脏水，只是天天感到嗓子在冒烟，说话也有些嘶哑了。

几天以后，团里每天都派拉水车去几十公里以外的农村拉水。我们跟着拉水车，拿着水龙头，给那些无家可归的人们送水。拉水车经过之处，人们都拿着水桶，排成长长的队伍，等候宝贵的甘泉流入水桶，流入心田。

解放军用军车给灾区运来了干净的饮用水

大地震十四年后，1990年夏末的一个假日，我专门抽空去了一趟唐山，沿着当年我和小黄打水的路重新走过一遍。旧日废墟不见了，眼前真的出现了当新兵时想象的高楼林立、矿山流金的唐山市。游泳池里又颤动起红男绿女的欢歌笑语，街心花园旋转的水龙头喷洒着雾状的水线。站在高高的抗震纪念碑前，我想起十几年前被战友摇醒的那个凌晨，想起瘦瘦的侯副连长，还有口渴得冒火的班长、老兵和拿着茶缸四处找水的百姓们。

1976年夏天，唐山。缺水的滋味，我这辈子难忘。

五、奋不顾身

指导员耿仁虎和三排长梁殿儒等人来到黑孜孜拉所在的抢险现场时，连长侯传义已经赶到了，他们正用凉毛巾轻敷黑孜孜拉的额头。听这里的战友说，黑孜孜拉自从进入震区后，一直带病坚持抢险。昨天清晨，当得知有一名叫白哲明的儿童还活着，但压在楼底下的消息时，黑孜孜拉立即请战，他对排长梁殿儒说："这一带的废墟，是我来震区一直救援的地方，我最熟悉情况！还是让我来吧！"望着这位汗流浃背的彝族战士，梁排长有些心疼，但还是点了点头，只是说了声："黑子！小心点，千万不要造成二次伤害。"

当清除到距离孩子所在位置还有五六米远时，为了保护孩子安全，黑孜孜拉和另两位战友坚持用双手扒废墟，废墟中的玻璃碴子刺破了手，扎伤了脚，鲜血和泥土搅混在一起，但他们全然不顾，仍在急速地扒着，洞在向里一寸一寸地延伸着。突然余震袭来，一块斜靠着的五孔水泥预制板向下滑动，眼看就要砸向洞口。黑孜孜拉一个箭步冲上去，硬是用肩膀顶住了上千斤重的水泥板。为了不让洞内灰尘呛住孩子，他们找来一些泥洼里的雨水，泼一层水，扒一层土。大家在窄小的洞内轮流奋战，但黑孜

五、奋不顾身

孜拉始终说不累，不让人替换，经过两个多小时紧张搏斗，终于把埋压了110多个小时的白皙明，从死神魔掌中抢夺回来，创造了抗震救灾的一个奇迹。一直等候在废墟旁的孩子妈妈，顾不上看自己孩子一眼，抚摸着黑孜孜拉印有血迹的肩膀痛哭失声！那是激动、感动的泪水啊！

从这次救援之后，黑孜孜拉总是感到眩晕，走路也没劲儿，但他就是不听劝阻，继续坚持救援，始终不下火线。这不，这会儿因实在坚持不住又昏倒在地。连长和指导员商量，必须让黑孜孜拉休息几天，不能让他再坚持了。这是一道强行命令，必须执行。紧接着几个战友找来简易担架，把黑孜孜拉抬走了。

在唐山抗震救灾的日子里，每时每刻都在上演奉献拼搏的生动情景剧。连队先前有个战士叫李新光，作为工农兵学员，他于两年前经组织推荐到当时的唐山煤炭医学院读书。地震前一天，学校放暑假

战士们奋不顾身争分夺秒抢险救人

了，有许多同学当天就启程回家各奔东西了，因此逃过地震一劫。李新光因还有点儿事要办，想在第二天再回北京的家。不成想当天夜里赶上大地震，当时他也不知道怎么回事儿，连人带床从三楼就飞出来了，坠落地上半天没有缓过神儿来。还好，李新光只是右胳膊受了伤，骨折了。更多的同学在地震中丧命，生死就在一瞬间。震后听说连队随38军部队来唐山抗震救灾，李新光兴奋异常，顾不上胳膊上的伤，也顾不上回家度暑假，立即赶到连队，向侯连长和耿指导员报到，要求投入抢险救灾的战斗。连

长指导员劝他还是休息休息,以养伤为主。他说:"我不能休息!这么多百姓在流血,我是学医的,这里更需要我!请连长指导员分配给我任务吧!"在以后的许多天里,李新光成为我们机枪一连的编外士兵,也是特别加强的卫生力量,在连队抗震救灾中发挥了很大作用。

在唐山矿冶学院附近,有一位被救出来的年轻人,因伤势过重,呼吸困难,生命十分危险。李新光毫不犹豫地对他进行人工呼吸,又用嘴吸出他嘴里的血痰,使这位年轻人转危为安。在抢救过程中,李新光受伤的右臂几次被碰着,战友们劝他不要这么不要命,注意关照自己的伤痛,他说:"没关系,救治群众要紧!我的胳膊都打上石膏了,不怕碰,你们不要为我担心。"可与他住在一起的卫生员曾荣学发现,每天就寝时,李新光都是十分吃力、痛苦地捂着胳膊。有一位地震中受伤的老人,左腿骨折,腿上一道一寸多长的口子露出骨头,由于在废墟里待得时间太长,伤口已经化脓、生蛆了,李新光为他固定好骨折部位,又用镊子一个一个把蛆夹出来,为他清洗伤口。老人望着这位右胳膊打着绷带,用左手为自己救治伤口的解放军医生,激动地说:"你们真是比我儿子还要亲的亲人哪!"

黑孜孜拉在连队临时驻地休息了两天后,病情仍不见好转,经连队联系转院到北京军区总医院治疗,治疗期间,连队还派代表去医院看他,每次他都问连队又救出几个被埋的群众,盼望早日回到救灾一线。三个月后,传来令人揪心的噩耗:彝族战士黑孜孜拉因患肝癌晚期不幸逝世,年仅24岁。年轻的彝族战士,在身患肝癌的情况下,还奋不顾身投入抗震救灾,只身顶起将要坍塌的水泥预制板!这需要何等的韧劲与毅力啊!这无疑加重了他的病情。

一个年轻的彝族后生,彝族人民的子弟兵,就这样一步一回头、恋恋不舍地走了。在我的印象里,那个看起来结实得像头

五、奋不顾身

牦牛一样的彝族兄弟和战友黑孜孜拉,他没有死!他不会死!他仍在彝族集聚区的大山里,用富有民族特点的青布包着头,在前额处扎出一长锥形的"英雄结",显得那么英武帅气!他又如一只家乡大凉山上矫健的雄鹰,正迎风展翅翱翔,他飞得是那样高啊!么么美……一直飞到我的心里来。

那一天,在唐山抗震救灾的营地,闻听噩耗,连队的临时饭堂里鸦雀无声,连掉一个饭粒儿的声音也能听得到。

六、搬运尸体

在唐山抗震救灾中，救人任务十分紧急、繁重，而寻找、搬运和安置遇难民众遗体的任务也是非常繁重的。当时正是炎夏，温度每天几乎逼近40度。尸体如果得不到及时有效处理，就会高度腐烂，气味熏得人受不了不说，还会引起大规模瘟疫。唐山地震发生之初，一些外国媒体就放出风来：大灾之后，必有大疫，这下看中国人怎么应对吧！但唐山一震，死亡24万多人，中外历史上甚为罕见。在当时生产力水平相对落后的条件下，却没有发生大的疫情。这得益于党中央、国务院的英明领导，得益于全国人民的鼎力支援和震区广大军民的艰辛努力。当时的抢险救灾措施虽然比较原始，机械化、自动化程度低，但一切都是实打实、硬碰硬，那种人定胜天的气概，团结协作的氛围，尊重科学的态度，一丝不苟的精神都是十分可取的。我们在抗震救灾中，与火速抢救人的生命相一致的任务，就是尽快转运、掩埋遇难灾民的尸体。

我们连转运尸体的任务也很重，记得当时把废墟里找出来排在路边的遗体，一个个搬运到解放牌汽车上，尔后就是开行几十公里，送到好像是西郊一个空地上，那里临时挖了许多的大坑，

六、搬运尸体

尸体集中排放在里面，每一个都曾是鲜活的一条命啊！搬运尸体这个活儿，心理素质差的绝对干不了。我们连派的是河北玉田籍的一班长王永常、江苏溧水籍的老兵李业发、四川成都籍的三班长张蜀和我们班长申三元等人担任。

说到这儿还有一个花絮：那时候我们在临时驻地改善伙食就是吃猪肉罐头，那种军用罐头是用绿铝皮壳包装的，上面写着几行白字，大概是出厂日期，检验合格之类，那肉都是红红的，一些凝固了的白色的猪油泛在上面。

有一天，大家结束了一上午搬运尸体任务，中午饭正在照例吃着那肉罐头，平时说话总爱开玩笑的老兵李业发用筷子挑起一块肉，突然大声说了一句："哎！我说同志们哪！怎么看着这肉像咱们搬运的尸体颜色呢……"话音未落，只见连长、指导员都冲着正有些调皮吐着舌头的李业发瞪起眼睛，二排长赵俊康和一班长王永常等人一齐撂下饭碗，向饭堂外跑去，几个人凑到小树丛中就"哇哇……"吐了起来。你想啊，本来大家干的这活儿，身体就容易反胃、堵得慌，吃饭肯定受到些影响，谁再特意提起，一般人就更不好控制那种感觉了。

战士们在搬运尸体

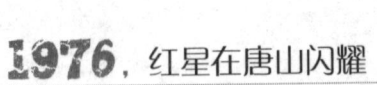

事后,连队专门召开党员大会,责成李业发在会上作深刻检讨。老兵李业发,经常穿着开了线、褪了色的旧军装,留着寸头和稀疏的胡子,镶着两颗金门牙。他文化不高,虽然平时表现得稀拉点,但人很耿直,爱憎分明,就是人们常说的傻实在、认死理儿的那号人。他拉得一手好二胡,是连队演唱组的台柱子,组织领导能力也好,在全连官兵中颇有威信。这次也许是他当兵以来第一次作检讨,他的检讨也很深刻、很动情,表示一定要将功补过,更加努力地投入抢险救灾。他确实说到做到,从那以后,他一改经常说笑话的习惯,变成一个不苟言笑的人。

解放军在抗战救灾现场

人,有些时候可塑性极强,当对现实中遇到的挫折失误幡然猛醒的时候,往往要改变许多的思维和生活习性,使自己变得沉稳老练起来。正是在这个意义上说,经历就是财富。

在灾区几个月,李业发一直兢兢业业、埋头苦干,不惧苦累、抢挑重担。抗震救灾结束时,李业发荣立个人一等功,退伍返乡后当了多年村支书,一心一意带领村民致富奔小康。1996年我们连队在北京搞过一次聚会,李业发还兴致勃勃地专程赶来,听他说来的时候的火车票是借钱买的,在家时他曾对来京聚会犹豫过,他那上中专的儿子对他说:"爸爸,你这次如不去参加,再过十年你就是想去可能也走不动了。"当时我正在北京军区政治部机关任处长,返程前,我请他到军区大院的家里吃了一顿饭,我们两人喝了一瓶白酒,临走我给了他几百块钱并帮他买好返程车票。那话不幸真

六、搬运尸体

的被他儿子言中了,前些年李业发在家乡稻田里开拖拉机不慎翻车,脑部受伤做了开颅手术,后又过了些年,听说他已不幸去世了。有时想起老连队,真的还很怀念他。

那是一个炎热的中午,我们正在唐山八中救灾场地紧张地往汽车上搬运尸体,突然来了一个气喘吁吁的中年男子,他戴近视镜,上身穿着一件军绿褂子,下身穿着蓝裤子,肩上背着一个手提包,提包上还用毛巾拴着一个白色写有"劳动模范"字样的茶缸子。他焦急地对我们说他是从山东青岛赶来的,他的舅舅一家三口原来就住在旁边这个楼上,震后一直没有音讯。刚才在来的路上遇到舅舅家一个邻居家的女主人,说是她今天早上还看到舅舅和舅妈的遗体并排地放在这一块。他还说,他母亲上了年纪,这舅舅是母亲最小的弟弟,是母亲一手带大的,现在母亲天天在家抹眼泪,派他来唐山,活要见人,死要见尸,回去好给母亲有个交代。说着,还从提包里掏出一架那种比较笨重的海鸥牌照相机:"喏,如找着我想拍个照片回去,给我母亲看看……"

战友们听了男子的哭诉,对他家的情况非常同情。李业发马上拉着这位男子的手说:"老乡,您先不要着急,我们帮你找找看。"然后,他就让那人详细说说舅舅家邻居是在什么地方见过尸体的,舅舅及其家人都有什么明显的特征等。顺着路边包括已经装在车上的尸体找了一遍,也没有找到那人的舅舅及其家人。这时候,李业发对那人说,如果断定早上还在这一块儿,那就应该好找一些,一会儿你就跟我们车走吧,咱们到西郊尸体集中安置点去看看。那人感激地做着作揖状,连连说,谢谢你们!谢谢你们!

李业发带着那位青岛来人走到尸体集中安置点时,已是下午两点多钟,天上的太阳虽已有点儿偏西,但还是没有温柔的意思,依旧毒毒地烤着人。一下解放牌汽车,李业发就拽着那人小

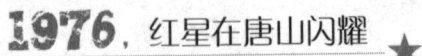

跑儿起来:"快!我们早上运过来的都放在这几个坑里,别让后边的人给掩埋住,埋住就更不好找啦!"只见李业发向着坑内那一排排尸体庄严地敬了一个军礼,然后戴上双层口罩、手套,也示意来人戴上这些装具,便轻轻跳进大坑内,那动作绝对是轻轻地……也许他是怕惊醒里面那些熟睡的人们。他一个一个掀开尸首,让那人仔细辨认:"这位是不是?这位是不是……"一直逐一翻了两个大坑,也还没有找到那人的舅舅及其家人。此时李业发的头发和口罩、衣服都湿透了,脸颊上淌的都是汗水,一双手套也已磨破了,露出了手指头。那人也被李业发的精神所感动:"李班长同志,不行……就算了,不找了,有您这样的热情态度就行了,我回去给妈妈说吧!你们尽力了,我也尽力了……"那人的脸上汗水也是嘀嘀嗒嗒往下淌着。当然,也许还有由于一下子见到这么多的死尸产生惊恐带来的冷汗。

"既然找,就要尽最大努力找到。只能越找范围越小,快,继续!"李业发边说边又跳进一个大坑里。就在这个大坑的中间位置,当翻到一具女尸时,那人尖叫了一声,然后"哇"的一声哭了起来:"这就是我舅妈!看哪,她的嘴角儿旁有个黑痣,我的舅妈啊……""快别哭了!找到了就好,这也是缘分。快,咱们再往前找,你要注意看啊!这位是不是……"李业发边安慰青岛来人,边继续一个一个地寻找,很快,那人的舅舅和他十来岁的孩子的尸体都找到了。李业发帮那人点燃带来的香烛,帮助他把其舅舅一家三口身上穿着的衣服又整理了一遍,那人掏出相机给舅舅一家三口每个遗容拍了一个照片。然后李业发与那人一起向遗体默哀三分钟,又庄重地敬了一个军礼。那人感动地连连说:"这次大灾大难,我遇到好人了!我遇到好人了!谢谢解放军,谢谢李班长!"后来,那人返回青岛家中后,还专门请人用红纸写了一封感谢信寄到连队,并要求给老兵李业发记功。

六、搬运尸体

搬运、掩埋尸体的工作持续时间很长，贯穿整个抢险救人、清理废墟的全过程。到后来，那尸体高温腐烂变质，已经很难完整地抢救出来了。我们就用上级发下来的一种专用塑料袋，将破碎的尸骨一一捡拾到塑料袋里。那阵子离着废墟老远就能闻到一股刺鼻的味道，当走到近前时，就是戴几层口罩也还是闻着气味刺鼻。说实话，那种味道，终生难忘、刻骨铭心。之后，有一年，我在军政治部干部处当干事时，有一段时间，我总闻着办公室的气味儿不对，别人问我这是什么味道，我答好像有点儿如同当年在唐山抗震救灾时那样的味道。时任处长胡书龙一听就有点儿急了，头发顿时好像要竖起来。于是，他发动全处立即进行大清扫，翻箱倒柜，坛坛罐罐，折腾了个遍，最后，终于发现有几只鼠类动物死在铁皮档案柜的后面，都已高度腐烂变质了。再到后来，夏季一过，我们从唐山市区的废墟里扒出来的尸体就成了干尸了，大街上跑着的汽车大厢板内，经常看到有几具支棱着四肢的人体，真是惨不忍睹啊！

秋天来了，唐山街道两旁的树叶也有几分变黄，天也有了几分凉意。这个季节，本来应该是一片金黄的丰收景象，但在1976年的唐山，总给人以凄凉的感觉。更为要命的是，经过一个夏天的冲刷，路边树底下的泥土浮尘都被冲走不少。这时人们发现，在许多的路边的树荫下，竟露出不少人的尸体，有的肚皮都变得黑了、绿了，有的被流浪狗挠出了肠子等器官……原来是地震发生后，有的市民信奉人死后尽快入土为安，又因为当时顾不得许多，根本没有什么运输条件，自己就近急着想办法把故去的亲人掩埋了。直到震后几年过去，还有市民一到地震纪念日那天，就在路边的树底下烧纸，弄得整个市区烟雾缭绕。针对当时出现的情况，救灾部队又派出官兵，逐个地块搜查树下林荫道上掩埋着的尸体，一旦发现死尸全部装袋重新掩埋。随即师医院的医疗队

派人进行防疫处理。

　　细一想，从小到大，20世纪60年代初，正是我的少年成长期，在故乡河北景县生活的那些年里，见过人挨饿受穷的现象可谓最多；70年代中期正是我新兵入伍的第一年，在唐山抗震救灾四个半月，见过人的尸体可谓最多。80年代中期我早已跨入军官行列，到老山前线参战一年零三个月，见过人流血受伤的场景可谓最多。跨入新的世纪，无灾无荒、没有战事的日子，我们可以尽享和平安宁、盛世太平的生活，难得、真好！当倍加珍惜才是。

七、有家不回

在我们连队参加唐山救灾的队伍里，还有一批从唐山地区入伍的战士，其中资格比较老的要数一班长王永常了。

当过兵的人都知道，一班长，一般来说，都是每个连队的基准兵、排头兵，通常是由全连挑出来的军政兼优的士兵骨干担任的。王永常是唐山玉田县人，个子较高，身体挺拔，爱抽烟，说话慢条斯理的，很有逻辑，一般没有深思熟虑他从不随意发言表态。那时连队开会、座谈，包括排务会上，我都愿意听王永常老班长发言，他那略带长音的唐山话，说出来颇有点像小品演员赵丽蓉、巩汉林的腔调儿。他还是我的第一入党介绍人呢！唐山地震发生后，要说心里最着急的应该还有这部分人，他们既有积极投身抗震救灾战斗的热情和决心，也有不知道自己家的亲人和房屋财产怎样的担忧和后怕。真恨不得生出三头六臂来，一边投身抗震救灾战斗，一边到地处灾区的家中看个究竟。可是，在大灾面前，这些战友都识大体、顾大局，义无反顾舍小家、顾大家，演绎着古时大禹治水三过家门而不入的现代版。

当部队向唐山开进时，我们连队的车队正好路过滦县、玉田等地，由于正遇道路塌陷，车辆堵塞不能前进，在离一班长王

永常家只有十几公里处停下了。但他始终没有离开自己的战斗岗位,仍坐在汽车大厢里与班里战友商议着如何应对下步可能有的救灾行动。连长侯传义知道这个情况后,特意允许他下车到家里看看,如有特殊情况,也可以请几天假处理一下。但王永常说:"不用了,我家在农村,先到市区去抢险救人要紧!这是大家的事儿。"尽管王永常说得很平静,但感动得我几乎要流泪。多么好的老兵啊!

还有三班战士刘会来,家住在同是震中的丰南县城,父母和哥嫂一大家子人住在一处比较简陋的三间砖瓦房里。那时,通信手段极其落后,再加上地震破坏影响,因此地震之后他与家人一直没有联系上。每天小刘都和我们一样,积极做着投入抢险救灾的各种准备,他把对家中亲人的惦念默默埋藏在心底。

7月31日下午1点多钟的时候,我们听说有一栋楼房二层四室田岷一家五口还被压在下面。一排长潘廷孝就带着我们全排迅速投入抢险救援。我们也不知抬走多少个水泥预制板,扒开多少砖

大地震后的废墟就是战士们战斗的战场

七、有家不回

石和杂物，终于露出二层四室的断壁残垣。我们从凉台入手，打开一个缺口，很快就发现一具尸体，大概是这个家庭的男主人，穿着一个小裤头，脊背上都是血。正在我们忙着搬运这具尸体时，突然听到里间有呼救声。唐山籍战士刘会来个子小、身体灵巧，立即钻进洞内，他借着手电的光亮，边呼喊、寻找，边清理洞内的杂物。为了减少震动和误伤被压的人，小刘放下铁锹，用双手向外扒碎土砖石，手磨破了，汗水使衣服贴在身上，他丝毫顾不上自己，一点儿一点儿地向里掘进。在大家的紧密配合下，经过三个小时的激战，田岷娘儿俩被救了出来。这时，洞内又传出一个老人的呻吟声，刘会来和战友一起，使出全身力气向前移动，经过半个小时的顽强奋战，洞内田岷的老母亲和另一个儿童也得救了。而刘会来由于过度劳累加上炎热难耐，昏倒在洞口。

傍晚时分，战友们把刘会来抬到连队临时住处。小刘休息了一会儿，就要挣扎起来继续去抢险救灾现场。这时，连队通信员进来告诉他，他的哥哥从丰南过来找他了。哥哥一见弟弟的面，就抱住了刘会来，哭着说："小来子，咱妈不在了！"啊！刚缓过劲儿来的小刘一下子瘫坐在地上，身体也猛烈起伏着抽泣起来。

原来，地震那天晚上，刘会来的爸爸在单位上夜班，妈妈和哥哥嫂子都被地震的冲击波晃醒了，本能的反应是往屋外跑，待他们跑到屋外小院时，才发现哥哥的孩子小宝竟没有被震醒，还在里屋睡着呢。小刘的妈妈不顾一切飞快地往屋里跑去，混乱中拽起孙子小宝就往外跑。就在这时，一阵余震袭来，一根房檩掉了下来，正巧砸在小刘妈妈的头上，顿时鲜血如注。小宝跑出来了，小刘妈妈却不幸死去了。当兵仅两年的刘会来，如果不是突来的震灾，本来打算这个月第一次回家探亲的，在保定给妈妈买的翻毛皮鞋都准备好了，这次来执行任务，本打算待到后期去家里，亲眼看着妈妈穿上儿子平生第一次给买的皮鞋，让老人家高

兴高兴。子欲孝而亲不在。大地震,这从天而降的祸殃给多少家庭带来无限的痛苦和怨恨呀!

小刘将哥哥送出临时营区的大门,哥哥一步三回头地带着弟弟对家人的爱和惦念返回丰南了。在以后部队执行任务中,几次都是从小刘家附近路过,他也执意没有回家,他说:"我了解妈妈,假如她活着,也会支持我多去救别人,当国家有难时,多为党分忧解愁,多为国家做贡献。我在这里坚持战斗,就是对死去的妈妈最好的祭奠。"

我们的战士,就是这样的高尚,在心灵的天平上,始终把党和人民的利益高高举过头顶。像这样舍小家、顾大家的事情,在救灾部队、在我们连队还有很多很多。六班副班长张皓的家在唐山开平区,我们连的临时驻地距他家也不算远。但张皓一心一意投入连队抗震救灾任务,丝毫不为家事分心。那次,在抢险中,张皓和战友们发现了一个被埋的中学生,在这个中学生卷曲着的身子上方,悬着五六块犬牙交错的楼板。一侧是一堵倾斜欲倒的砖墙,余震频繁,情况十分危险!张皓坚定地说:"只要有百分之一的希望,就要尽百分之百的努力。一定设法把这位小同学活着救出来!"他和战友们研究了多个方案,先找来几根木桩,把悬着的楼板一块块支撑起来,尔后扒开中学生身上的砖堆和水泥板。就在这时,余震发生了,几块碗口大的石头从上面滚落下来,险些砸在他们的头上。他们安排安全员密切关注环境变化,几个人全力继续投入救援,经过一番艰辛努力,终于把这位中学生安全救了出来。后来,张皓的家里也与他取得联系,告诉他,父亲在地震中受了重伤,已经乘坐空军飞机转到石家庄一家医院救治。张皓托人捎回家一些津贴费救急,自己一直坚持在抗灾一线战斗。

我们连队在市委大院救灾时,看到市委原来的办公楼都震

七、有家不回

塌了，几天后，在院里搭起了临时指挥部。几位市"革委会"的领导每天忙忙碌碌地指挥救灾，他们许多人都是被人从地震的废墟里扒出来的。有一位穿着蓝褂子的老干部模样的人，经常在院子里转来转去的，有人说他就是时任市革委会主任许家信，也就是现在地级市的书记。有一次，他还来到我们连队，给我们讲了一段话，感谢部队关键时刻的救援。那是我当兵后见过的最大的地方领导干部了。当时看着他与常人也并没有什么区别，倒是也许因为遇到这么大天灾的缘故，经常是红着双眼，一副有些疲惫的样子。是啊，一个重工业城市的主官遇到这样毁灭性的大灾大难，百废待兴啊，真的算是重任在肩了：既要救灾，要稳定，还要考虑恢复生产、重建家园等问题，压力也是蛮大的。这次为写这篇忆唐山的文字，从网上搜了一下这位许家信，才知道他是安徽寿县人，原来还在24军72师当过副政委呢；后来任唐山市委第一书记，河北省经济委员会副主任等职。

连队到达市委大院后，根据地方同志的介绍，还有二十多个遇难干部群众没有下落。我们连队集中力量昼夜苦干，把废墟的大部都清理了三遍，还是有三个人没有找到。这时有的战友的手指磨出了血，有的被钉子扎破了脚，钻心地痛。有的被遗体的气味熏得头昏恶心，吃不下饭。有的当场晕倒。地方的同志看到这种情况，不忍心地说："你们已经费了很大劲，扒了三遍都没有找到，就不要再费劲了。"一班长王永常说："任务完不成，人还没找全，我们决不能收兵。就是大海里捞针，我们也要把遇难人员的遗体全找到。"根据地方单位提供的线索，一班长又和大家一起认真分析情况，研判当时可能出现的情景。最后决定在房间的走廊出口处掘进。经过大半天的奋战，终于找到了剩余人员的遗体，安抚了死者的亲属。

到抗震救灾的后期，我们连队执行帮助群众搭建过冬防震

简易房的任务。我们每天都坐着敞篷的大解放汽车，往返于唐山和玉田县亮甲店之间拉砖。那里，离一班长王永常家很近了。但我也没有看到他请假回家看看，而是全身心地带领我们投身抗震救灾的各项任务中。至今，我也不知道一班长王永常家里究竟受到地震灾害破坏了没有，是否有人员或财产损失。因为，那时他是超期服役的老兵，我是刚入伍的新兵，他当兵时我还在家上小学呢！总感觉他有不怒自威之感，不敢贸然询问一些问题，哪怕是十分平常的家常事儿。现在想起来，我也未免有些太胆小、拘谨了。

唐山抗震救灾时，我还是二十来岁的小伙子，总觉得浑身有使不完的劲儿。在那个难忘的秋天里，每天乘坐解放牌汽车，一双手扶在汽车的栏杆上，迎着凛冽的朔风，一趟趟地搬砖、运砖、卸砖，当时权作年轻人飙车兜风，也没有感觉到累或有什么不舒服。可是，那年抗震救灾尤其是整个运砖任务下来，落得个手腕痛的毛病，一遇阴天下雨疼痛感更甚。直到现在，也还是这样。也算是唐山抗震救灾给我的一个特别纪念吧！

八、带伤抢险

结束紧急救人和较大规模的搬运尸体的工作，大约在8月下旬，我们连队住进了一个大大的果园里。记得全连住在一个大的果品库房里，好像房体主要是木质结构的，上边的屋顶也是盖着一些铁皮木板什么的，正好有利于防震抗震。特大地震灾害发生后，唐山一个时期余震不断，自从我们住进这座果园库房，每逢遇到余震，我们就不太慌张着急往外跑了，有时干脆依旧躺在地铺上，享受着地震那种天然颠簸感。有老兵打趣说："嘿，咱不用买票也能尝尝坐船的味道！"果品库的外边，就是大片大片的苹果树、梨树和桃树等，临近秋季，一些果子也开始飘香了。但全连官兵没有一人伸手去摘那些诱人的果子，确实做到了秋毫无犯。

这时的抗震救灾任务，也逐步转向抢运、分发救灾物资和搬运被掩埋的有用物资器材。地震发生后，一些西方国家散布说，唐山这个城市，从现在起就从地球上消失了。有的还捏造事实，无限夸大灾害损失，低估和贬低中国抗灾自救能力。也有的与我国关系好的国家，主动提出从人力物力各个方面援助我们。但当时中央确定，自力更生，不要外援，举全国之力抗震救灾，号召人民团结一心，重建新唐山。唐山震灾，确实显示出社会主义制度的无比优越

性。一方有难，八方支援。全国各地都迅速派出医疗防疫队、地震救援队支援唐山，各种救灾物资源源不断运往唐山。

大约从震后第三天开始，天空就时常有直升飞机空投食品、药品、衣物等。火车道轨没有修复之前，驻唐山空军机场，在受地震破坏，不大具备航班起落的情况下，科学指挥，加强人工调度手段，每天频繁地起降军用和民用运输机，运送各种物资，转运受伤群众，确保城市供给不断线、救援有保证，使这座被震成废墟的城市始终顽强地挺立着。那是中国人特有的骨气啊！当时，有一个口号就是，地震能震坏我们的房子，但震不垮人民的意志。中国人民有志气、有能力，建设一个更加美好的新唐山！这是鼓动人心的口号，也是党和政府向人民许下的诺言，更是中国作为新型社会主义国家向全世界作的宣言。后来的事实大家有目共睹，中国，确实做到了。

军用直升机在紧急抢运伤员

那个阶段，我们一会儿乘坐汽车到飞机场拉帐篷、被褥、衣物等物资，一会儿到郊区农村拉水，为灾区人民群众分发纯净的水，一会儿又到直升机空投点看护、转运物资。现在回想起来，当时干的那些活儿、担当的那些角色俨然大型物流公司的职员。

还有更要劲儿的苦力活儿。给我留下深刻印象的要数那次抢运油漆、化工产品和涂料等物品了。那次好像是一个什么单位的建材仓库，倒塌的废墟下，掩埋着成桶成桶的油漆、化工产品和涂料等物品，有的已经泄漏，场地上散发着刺鼻的味道。因为有易燃易爆品久放在废墟里，担心起火爆炸或被盗造成新的

八、带伤抢险

损失，上级有关部门要求我们必须在10个小时之内将其转移到安全地带。

吃过早饭，连长侯传义队前简短动员后连队就齐装满员出发了。记得连长特别重申要求我们既要完成任务，又要注意安全。那活儿真是较劲儿，每个人扛上一桶油漆，要越过高高的废墟堆，送到新的安放点。那废墟上多是带有铁钉的木板、张牙舞爪的钢丝和碎石瓦砾等。为了防止时间长了磨破肩膀，我们纷纷从废墟里找些破布片垫在肩上。尽管这样，许多战友的肩膀也还是磨红了，露出血印，汗水更是淌个不停。

就在我干得起劲儿，扛着油漆桶一溜小跑地穿越脚下的废墟时，感觉脚面猛地被刺了一下，我哎哟一声迅速将油漆桶扔在废墟上，有些吃力地脱下胶鞋一看，呀！不好，一根带锈的足有5厘米长的铁钉子刺透了脚面。我忍着剧痛用力把钉子拔出脚面，只见鲜血顿时从钉子穿破的皮肉中流了出来。这时，正赶上同班战友小甘在后面赶上来，发现我被铁钉扎了，赶快把我背起来送到临时救护所进行消毒处理。救护所的医生说，这几天被木板上的铁钉子扎脚的人特别多，但数我这个扎得厉害，而且明显看出伤口处有钉子残留的铁锈迹。所以，不能仅仅包扎就完了，必须想办法把整个钉子扎的伤口清洗一遍，做严格的消毒处理，这样不容易感染。经过大概半个多小时的处理，医生说可以走了，并叮嘱我一定注意休息，不要让脚再更多地承受压力，做大的活动。我嘴上答应着，但心里想，现在救灾任务这么紧张、繁重，少一个人就少一份力量。军人不能婆婆妈妈的，能挺就挺，不能耽误完成任务。于是我迅速返回连队抢运物资的现场，又坚持投入搬运油漆的战斗。

到任务结束时，我的脚也肿得很高了。我找了一根棍子拄着忍痛上了汽车。那一夜，痛得也没有睡好觉，刚睡着，就被一阵钻心的疼痛惊醒。但第二天，我不顾班长的劝阻，坚持还去干活。我说如果到那里干不了重活，就干点轻活儿，但我必须跟着部队去。班长勉强答应了我的请求，于是我又随部队去行动了。想来那时毕竟年轻，免疫力、新陈代谢功能强，尽管我并未因伤好好休息，伤口也没有造成大的感染，过了些天伤就彻底好了，基本上没有耽误工作。

抢运油漆和化工产品等物品任务结束后，连队就接到挖掘一个街道银行办事处现金的任务。这个办事处倒塌的金库和营业室里，埋压着101万余元现金和一批资金往来账目，那时候，百万现金听起来就是天文数字了。连队接受任务后，因为涉及大额钱财问题，连首长非常重视，提出彻底清理、不差毫厘的要求。连队除安排挖掘力量之外，还组成了安全检查员，其实就是现在的纪律检查员，负责监督整个挖掘过程。我们先想办法凿穿两层水泥板，发现库房早已被碎砖乱石填满，现金七零八落地散落在废墟中。大家就钻进水泥板底下一点一点地清理，不放过一砖一石的缝隙。正在聚精会神清理时，头顶上的水泥板被余震摇动得嘎嘎作响，但大家全然不顾。从早上6点一直干到下午3点，将清理出的现金和原有账目一核对，还差4角8分钱。银行办事处的同志望着大汗淋漓的官兵们，充满感激地说：“解放军同志！这已经很不错了，按照银行业务规定，差这点钱尚在允许误差之内，不必再找了！谢谢！谢谢你们！”但全连战友都坚持善始善终，一定要实现连首长提出的不差分毫的目标。于是，大家又趴在废墟上翻腾起来，找到一块，又找到一块！找到一分，又找到一分……一直找到晚上8点半，在一道裂开的墙缝里找到了最后2分钱。

在这段时间里，我们连队还完成了帮助几个学校清理实验仪器等物资，帮助临时驻地果品仓库清运垃圾等任务。还派出一个小

八、带伤抢险

分队到陡河电站帮助修筑河堤，派出一个班协助地方武装部组织民兵骨干，搞好震区军民联防，同个别趁机打劫、造谣、哄抢物资等行为人员作斗争。每一项任务都坚持高标准、严要求，时时处处为38军这支老部队增添光彩、赢得荣誉。不少群众知道我们是38军的部队，都伸出大拇指：英雄的部队，"万岁军"的传人，好！每到这时，我们心里也感到美滋滋的，劳累和辛苦也就烟消云散了。听说大地震过去多少年了，在唐山，一说38军，老百姓还是会充满深情地伸出大拇指。

几十年过去，记得我前几年在北京卫戍区政治部工作时，一个偶然的机会，知道了已经退伍回到湖南邵东老家、分别三十多年的老班长申三元的电话号码，连忙与他取得联系，他在电话里还用浓重的、我仔细分辨才能听得懂的湖南话问我："小马子，你的脚在唐山被铁钉子狠狠地扎过，没落下什么后遗症吧？""没有，好着呢！谢谢老班长还惦记着当年这点儿小事儿！"我回答着。电话那头，老班长申三元也一直呵呵乐着。

九、火线入党

救灾任务步入常态以后，连队安排业余文化活动也随之多了起来。指导员耿仁虎号召全连官兵都行动起来，利用任务间隙，动手写抗震救灾的日记、心得笔记，创作以抗震救灾为题材的小故事、诗歌、报告文学、快板和数来宝等，并宣布要利用晚上时间，以召开故事会的形式组织作品交流。

我入伍前曾在县文化馆从事过一年多文学创作，与几个同事一起办油印的《景县文艺》刊物，还有幸参加过在深县（现深州市）召开的衡水地区文学创作座谈会。在那次座谈会上，留给我印象深的一个是衡水籍军旅作家、原武汉军区文艺创作室创作员崔洪昌，作为会议特邀代表参加会议并介绍了创作经验，他的许多小说发表在《解放军文艺》《解放军报》等有名的报刊上，令我佩服之至。另一个是故城县出了一位叫马春的作家，当时好像是天津百花文艺出版社刚给他出版了一部农村题材的长篇小说《龙潭春色》，在当时全国人民一部书（《艳阳天》）的年代，在我们那个地方引起很大轰动。他谈创作体会说，创作之初自己想过，这部小说，写不好进法院，写好了进医院。意思是那时候有点事儿就给你上纲上线，内容上把握不好，可能引发政治问题

九、火线入党

要被判刑进法院；内容把握好了，长篇巨著写起来也很是辛苦，可能要累垮身体进医院。两句话说出了那个年代作家艺术家的真实处境。

会议期间，我们听了一个故事：一个饶阳县的农民作家许可，上稿心切，抓住男性编辑的心理，将自己作品的作者化名为"许村姑"，一听起来就是个女人名字，容易给人以无限遐想。别说这一招儿还挺灵验，自从有了这个笔名，他的作品频频被天津一家刊物青睐刊登。终于有一天，许可接到来自天津卫那家杂志社编辑的电报："某月某日出差路过你镇，请接站。"这下许可知道笔名惹出大乱子了，一时不知怎么办好。到底人家是作家，迅即急中生智，马上给那位杂志编辑回了一封加急电报："许村姑得暴病死亡，万勿来！"听罢，我们笑得都肚子疼。

我在县文化馆那些老师多是"文革"前的大学毕业生，多才多艺，素质很高。记得有一位叫岳南的老师，是中国人民大学新闻系毕业的高材生，曾随18军进过藏，当过部队文工团员，文学创作的底子颇为厚实。文化馆工作一年，等于让我这个当时尚未恢复高考制度、上大学无门的高中毕业生上了一年大学的文学系，受益匪浅。因此，指导员布置任务后，我就陷入构思、打腹稿，争取在连队故事会上有好的表现。

按照文学创作的规律，抗震救灾以来这短短的几十天时间，应该可以找到创作的富矿。有多少可歌可泣的事情可以成为很好的创作素材呀！如果在这方面多下些功夫，如果能有良好的创作素养和本领，该能够写出多少生动感人的作品来啊！当时，不，直到现在，我还是觉得自己的笔过于笨拙，更没有惜时如金的精神，没有很好地利用这段不平凡的经历，创造出令我满意、令众多参加过唐山抗震救灾战友满意的文学作品来。但那时我毕竟还算有点文学创作的小体验，比起同龄的、同时期甚至比我兵龄老

一些但文化不高的战友，还是有一些优势的，因此，在连队故事会上，我的诗朗诵引起较好的反响。记得当时我写了一首题为《记住那些背影》的长诗，其中的开头是这样写的：

> 当特大地震袭来的时候
> 天塌地陷，电闪雷劈
> 唐山，这座物产丰富的华北名城
> 整个城市都在哭泣
> 多少个幸福的家庭
> 瞬间陷入不幸的遭遇
> 蓝光闪过之后
> 地动山摇，河海决堤
> 唐山，这座华夏有代表性的历史名城
> 整座城市像要从地球上被抹去
> 在千钧一发之际
> 看哪！从北京，从河北，从辽宁
> 风驰电掣般赶来十万人民的子弟
> 他们的脸上有悲伤、有惊奇
> 更有救人民出水火的豪气
> 看哪！铁路旁、废墟里
> 余震中、危房里
> 哪里有危险，哪里就有他们奔波的背影
> 哪里有生命，哪里就有红星闪耀的军衣

接下来，我又结合唐山抗震救灾以来，我们连队，我的身边发生的那些生动感人的事迹，写了连首长靠前指挥、身先士卒投入救灾的背影；写了连队党员骨干发挥先锋模范作用，危险艰苦

九、火线入党

时刻冲在前、干在前的背影；全连战友冒着余震危险救人、抢救重要物资的背影；为清理银行资金，精益求精，一丝不苟，毫厘不差的背影；为群众送水、送衣物、送食品的背影……

那天晚上，连队临时会议室里挤满了官兵战友，我朗诵的时候，整个会场鸦雀无声，大家的注意力高度集中，连长、指导员也向我投来赞赏的目光。故事会结束后，一些老兵用拳头捶着我们班长申三元说："三元，你们班这个新兵有两下子！"同年兵战友也纷纷向我祝贺"演出成功"。这之后，连队又办起流动黑板报，我自然成为义务写稿人和板报员，出的每一期板报，都是图文并茂，内容联系实际紧，形式也引人入胜，曾受到团政治机关下来检查工作领导的表扬。

大约是1976年8月底的一天晚上，收工回来，吃完晚饭，班长申三元把我叫到广场旁边的大树下，悄悄地也有些严肃地对我说："小马呀！最近团里部署在抗震救灾一线发展党员的工作，特别提出一定要有少量新入伍的战士入党。经党支部研究，你作为这次党员发展对象，列为重点对象进行考察。"

我一听就懵了：什么？我，入党？这是真的吗？有这个可能吗？要知道，当时，连队的士兵入党特别难，发展比例很小。一些老兵当了满服役期的四年兵，甚至超期服役几年，都入不了党。我所在的二班副班长严尚银，是1972年底入伍的山西朔州兵，比我早入伍四年多，不知道写了多少次入党申请书了，也还没有看到入党的希望。我3月入伍，到9月满打满算刚半年就发展入党？这可能吗？

我对班长说："班长，你们有没有搞错呀？我刚入伍第一年哪能入党呢？那来救灾前连夜写的入党申请书是表明我的态度，积极向党组织靠拢，在救灾中愿意接受党组织的考验。我真的没想过现在能入党啊！还是先考虑老同志吧！咱们副班长就表现不

错,而且入党的要求也很迫切……"

"你不要多说了,这个事儿,是连队党支部慎重研究的,也是全面衡量作出的决定。而且,据说,这次全团就只发展两名新兵入党,这个指标是专门给新兵的,与老兵入党没关系。我们推荐上去的入党对象,要有一定竞争力,否则,报到团里也得给刷下来。"

听班长这一说,我就明白了,既欣喜,又负疚。总感到自己做得还很不够,距离一个党员的标准还差得远。同时,也有几分忧虑。老家人经常说的一句话:"出头的椽子先烂。"假如真的这么快就入党,在个人进步上是不是把许多老兵、同年兵都超越了?会不会成了"出头的椽子",遭人嫉妒,以后工作更不好干了?就这样忐忑不安地回到宿舍,心里有事儿,连觉也就睡不踏实。

我们睡的是地铺,大通铺。我的铺就挨着副班长严尚银。第二天早上起床,我就发现严副班长本来就长的脸更显得长了。我照例给他打来洗脸水,他看也不看我一眼,脸上更没有一丝笑意。我也就大气也不敢喘地老老实实整理起自己的内务。一连几天,严副班长都不高兴。尤其是每天晚上睡觉前,他故意把他的被窝与我隔开好远,半倚在墙上,用浓重的、鼻音很重的山西话嘟囔道:"真扯淡!新兵蛋子,嘴上还没几根毛,就入党……"开始,我还真想给副班长解释一下,想给他说入党的事儿连我自己也感到突然,不是我通过什么关系找谁去要的,是连队党支部集体研究要举荐的;想给他说那指标是专门拨给我们新兵的,咱们连队如不推荐我人家就会收走的;想给他说副班长,我对您很尊重、很佩服,也愿意看到您在复员退伍前特别是在救灾期间入党的……

后来忍了忍,这些心里话还是没有给他说。因为我一想,这事儿班长申三元不应该不和他通气讲明白的,作为当兵四年的一

九、火线入党

位老兵应该想得通的啊！其实，说来说去，还是归结到没有多少文化。这严副班长没有上过几天学，家里条件也不大好，他的家信有时还是让我代笔给写的。到现在，在部队没有入党不说，在家里，对象也一直没有谈成。也是够窝心的。想起这些，无论他说什么，怎么嘟囔，我也就只是当作耳旁风了，该干吗就干吗。一切像什么也都没有发生一样。

我的入党介绍人有两位，一位是一班长，也是我们排的党小组长王永常，一位是二班长申三元。连队党员大会通过我加入中国共产党那天，会场气氛非常严肃。先由我宣读自己的入党志愿书，并进一步讲明自己为什么要入党，入党以后打算怎么做等。尔后由两位入党介绍人介绍我的表现情况，讲明为什么介绍我入党以及对我都有什么希望。接着连队干部和几位战士老党员都相继发言，对我提要求、谈希望。当然，讲我的好话不少。连长侯传义说，马誉炜同志参加抗震救灾以来能够做到吃大苦、耐大劳，不怕艰险，敢打敢冲，经得起艰苦环境的考验。指导员耿仁虎说，马誉炜同志为人实在诚恳，一是一，二是二，在新兵里面属于比较成熟的。他们两位都对我提出了更高的要求，叮嘱我组织上入党并不代表思想上也入党了，不要骄傲，不要翘尾巴，要谦虚谨慎，不骄不躁，永葆青春活力。二排长赵俊康说，马誉炜同志平时还应更活跃些，不仅要会干，还要敢说，多参加集体组织的文体尤其是体育活动，并注意带动新战士。演唱组长、老战士党员高志文说，希望马誉炜同志发挥写作特长，多创作喜闻乐见的文艺节目，贡献给连队演唱组。老兵李业发说，新兵入党，标志着党组织的信任，也是对你自己提出更高的标准和要求，以后注意不能只是自己做好就行了，还要发挥先锋模范作用，要帮助同志进步，在班排管理教育工作中起好党员骨干作用。他们这些希望要求、批评指点，可以说让我受益终身。到今

天，我还十分怀念和留恋那个年代的党内生活，可谓开诚布公，直言不讳。

1976年9月7日，我正式加入中国共产党，成为步兵第341团当年入伍新兵中第一批入党的党员。而且从我们那一批党员之后，入党都还要有一年的预备期，我们是直接被批准为中共正式党员的。这是我一生的光荣。

两天以后的9月9日，一代伟人毛泽东逝世。那年年底，结束了唐山抗震救灾，回到清风店营房，我们副班长严尚银就复员退伍了。我用津贴费给他买了一对枕巾作为纪念，并祝他回到家乡早日入党、喜结良缘。副班长伸开双臂拥抱着我，一把鼻涕一把泪地哭了起来。

十、温暖一幕

在我们正紧张地投入唐山抗震救灾的时候,忽然传来一个重要消息,中央慰问团要来唐山看望地震灾区的军民,据说是由时任中共中央第一副主席、国务院总理华国锋亲自率领。当时我的心情很是激动,在地震灾区能见到久仰的党和国家领导人,对我这样涉世未深的青年士兵该是多么荣幸!对正在抗震救灾的军民也是个很大的鼓舞和鞭策。

那天上午,从10点开始,我们就在倒塌的唐山体育馆前广场上等候。与唐山市区一片废墟相比,当时唐山体育馆大楼算是好的,四个墙面基本上还矗立着,但大楼的顶子已全部被掀翻,彻底塌陷了,墙面也有局部严重损坏。当时天上虽然有直升机在空投食品,但我们最奇缺的还是能喝的水。没有办法,我们就都趴在地上,喝那些两天前下雨残存下来的水洼,那水被太阳晒得有些发烫,一股腥臭味儿,但那时口渴得实在难耐,就顾不得那么多了。

终于,临近晌午,来了一辆中巴车,中央慰问团来了!从车里下来一位穿着灰色对襟衣服的人,我一看,是具有传奇色彩的时任国务院副总理、原大寨党支部书记陈永贵。原来,中央慰问

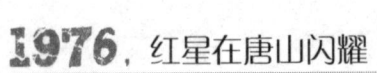

团兵分两路,到我们连队这个方向的是陈永贵副总理一行。华国锋副主席一行可能去了震区另一个方向。我们连队的官兵就围在中央慰问团的周围,席地而坐。我的位置在陈永贵副总理的正对面,也就一两米远的距离。我看到他脸上的皱纹很深,两道眉毛很浓,由于天热,脸上也是汗津津的。他的布衣上的扣子是那种布做的老式纽扣,脚上穿着一双圆口布鞋,仍是一副农民打扮,如此出身和扮相的副总理,恐怕也是前无古人、后无来者的了。陈永贵副总理给我们发表重要讲话,我看到讲话稿上的字印得特别大,讲话也很简短。大意是中央慰问团代表党中央、毛主席来看望大家。中央对前一个阶段唐山抗震救灾工作是满意的,军民表现出人定胜天的精神很可贵,做到了天大震、人大干,抗震救灾取得了阶段性胜利。下一步,还要继续发扬自力更生、艰苦奋斗的精神,与天斗,与地斗,不获全胜,决不收兵。陈永贵副总理讲话完毕,不知是谁领着我们呼起口号:"决不辜负毛主席、党中央的期望,坚决完成抗震救灾任务!""感谢毛主席、党中央亲切关怀!""毛主席万岁!中国共产党万岁!"大家鼓掌,目送中央代表团离去。

接下来的日子里,河北省委、省政府也派来慰问团慰问抗震救灾的部队官兵。慰问团为每个救灾官兵发了一个纪念袋,上面写有"唐山抗震救灾纪念"字样,里面装的有一个塑料皮笔记本,好像还有一支圆珠笔。这几样东西至今我还珍藏着。在慰问团到来那天,我还看到了时任河北省委书记刘子厚。他从1964年3月起就在河北省委任职,先后任河北省委书记处书记、河北省委第二书记、河北省委第一书记,还兼任过省政协主席、河北省军区第一政治委员、北京军区政治委员。那时他当省委书记,一会儿穿便衣,一会儿穿军装,现如今的地方高级领导干部很难有他那样的"范儿"了。

十、温暖一幕

在唐山抗震救灾一个月后，一天在老家县水利局担任领导的父亲辗转找到我们连队驻地，给了我一个突然的惊喜！要知道，出来当兵是我第一次远离家门那么长时间。新兵训练结束后，不长时间就直接来唐山抗震救灾，由于没有固定的地址，加上邮路不畅和时间紧张的缘故，给家里写信很少，与家中父母等亲人也足有半年多未见了。能在救灾地区见到父亲，真是有点儿喜出望外。原来，河北省全省动员支援唐山灾区，也分配给老家景县一些救援任务。其中，就有到唐山地区的丰南县帮助修筑水利工程设施的任务，父亲那年应是53岁，正当年的年纪，作为领队带领县上的工程技术人员和民工赶赴唐山支援抗震救灾。他和母亲一直惦念我的安全，于是他先大队人马一步，提前一天到唐山灾区，顺便来看看我。

父亲到了连队，连首长很重视，连长指导员分别给他介绍了我的情况，说我到部队以来表现不错，夸父母教育得好，儿子有教养、很争气，是当年兵中第一个入党的，为父母家人争了光，等等。排长、班长也都热情地向父亲介绍我的情况，他们说部队是个大熔炉、大家庭，孩子交给部队，让父亲尽可放心。父亲是从旧社会走过来的人，吃过苦，受过罪，感恩情结很重，从新中国成立初期就在县上参加了革命工作，性格直爽、开朗，他对我也是充满自信和希望，别人越说不错，他越是高兴。他对人家说："我家这个三儿，从小学习成绩好，性格上也合群，来当兵是我的一个夙愿，圆了我们这个家庭的一个梦，五个儿子就得有个当兵的，报答党的恩情，也报效祖国！"并希望部队领导和班排长对我多加帮助教育，发现有什么缺点毛病不要客气，该批就批，严是爱，松是害。年轻人，要求严格些没有坏处。

等连队干部和班排长一离开，父亲对我说，自从你离开清风店军营到唐山救灾，你娘就一夜夜地睡不好觉，总担心在灾区

1976，红星在唐山闪耀

有个什么闪失，别人怎么劝说也不管用，人也瘦了许多。接到你到灾区后写的两封信好些，我就是根据你信上写的地址顺藤摸瓜找到你们连队的。这次能来唐山支援救灾，也了却家人对你的挂念，是一举两得。他听了连队对我的情况介绍确实感到高兴、欣慰。但又反复叮嘱我，一定要注意安全，一定要不骄不躁，要虚心向战友们学习请教，听领导的话，团结同志。记得他还对我说，人怕出名猪怕壮。要注意处理好和老兵的关系，遇事要三思而后行，不要意气用事。老天不负勤奋受累的人，多干少说，用行动去证明一切。父亲的话，是对儿子讲的自己多年的工作和生活体验，饱含舐犊之情。

那一夜，我主动要求站第一班岗，一直站到半夜时分，把我自己帐篷里的铺让给父亲住，我和同班战友黄光才挤在一张铺上睡了下半夜。我持枪站在帐篷外边时，突然产生一种特有的神圣感，今夜，我站岗，直接为自己的亲生父亲站岗放哨。儿行千里母担忧。父亲来这一趟，也在一定程度上解除了我对家人的牵挂。第二天一大早，父亲就踏上赴丰南抗震救灾的路，又与我分别了。望着他消失在我的视线中的背影，眼泪不知不觉涌出眼帘。

那年，父亲在唐山丰南救灾，比我们部队回撤得还要晚些，他还被县里评为唐山抗震救灾先进个人。唐山震区父子相见的一幕，给我留下深刻的印象。如今，转眼父亲永远离开我已经有15年了，母亲也离开我12个年头了。父母慈祥的面容和亲切的身影，每时每刻都在我的眼前晃动。如同我在一首小诗《思亲曲》里写的那样：

　　父母离去后
　　几乎每一个夜晚

十、温暖一幕

都能与他们
在睡梦中相见
从此，夜晚也变得
比白天更令我留恋

2006年的7月28日，是唐山大地震三十周年纪念日，当时我还在内蒙古东北部边防呼伦贝尔军分区任政治委员，正在北戴河参加北京军区师以上领导干部读书班，我还写过一首纪念的诗歌，其中也有关于那次父子唐山相见的记述，那首诗是这样写的：

三十年了
那场灾难
如同一个噩梦
留在我的记忆里
一道蓝光闪过之后
天崩地裂
高楼林立的城市
瞬间夷为平地
三十年了
那场灾难
如同一段传奇
写进历史舞台的活剧
面对厄运
人民没有泪水
奋勇与命运抗争
携手战天斗地
三十年了

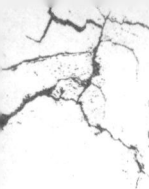# 1976，红星在唐山闪耀

那场灾难

如同一张黑白照片

镶嵌在我的心底

朝夕相处的战友兄弟

再苦再累不惜力

娘在故乡思念儿子的呼唤

抗震战场父子难得的相遇

三十年了

那场灾难

如同一个里程碑

写进人生履历

火线入党立功

赢得人们赞誉

为人民舍得一切

成为毕生要义

灾难的疼痛渐渐消失

大地上不见震灾遗迹

留下来的只有往事的回忆

还有新唐山迅速崛起的奇迹

以及，人民宁折不弯的豪气

时间过得真快，一转眼又是十多年过去了。2016年是唐山抗震救灾四十周年。也是我从军四十周年。就在这一年的5月，借出差之机，我又回了一趟唐山，这次时间稍微宽裕些，我在同一连队的老战友、时任唐山市委常委、纪委书记崔晗的陪同下，先后参观了几处地震遗址，唐山抗震救灾纪念碑、纪念馆，还有即将开展的世界园艺博览园。当年抗震救灾的场景又浮现在

十、温暖一幕

眼前：哪里是我们当初进城时停靠过的地方？八中在哪里？市委大院在哪里？果园在哪里？体育馆在哪里？游泳池在哪里？化工建材仓库在哪里？我的那些朝夕相处的首长和战友——连长侯传义、指导员耿仁虎、副连长侯庆云，一班长王永常、二班长申三元、三班长张蜀、老兵李业发、新战友黄光才、小甘……你们都在哪里呀？！

唐山完全变了。她变得美极了。四十年，对一个人已临不惑，而对一个城市，还正年轻！鳞次栉比的高楼，纵横交错的街道，绿荫掩映着的湖泊，幸福生活在这里的人们……位于市中心的凤凰山，山势挺拔秀丽，苍松翠柏，郁郁葱葱，如凤凰展翅，见证着这个不屈的城市的沧桑变迁，也记录着当年我的连队和战友们留下的足迹。

十一、面对灾难

进入正常救灾后,我们一边负责清理废墟,协助防疫,临时出公差干这干那以外,还经常深入到居民家里走访慰问,帮助解决遇到的各种问题。

记得有一位车姓大妈,地震中丈夫不幸遇难,两个孩子也在震中受伤转移到外地救治。一个团圆的家庭瞬间变成孤身一人,每天陷入极度悲痛之中。我们到她家时,只见她蓬头垢面,院子里、临时防震棚里都乱糟糟的。班长申三元带领我们立即帮助车大妈清理室内卫生,打扫院落,将那些散落在地下的木头、瓦块,有用的码放整齐,没用的清运出去。我还从外边打来一盆清水,对车大妈说:"阿姨,洗一洗脸吧!你是不是感到哪里不舒服?要不要去我们卫生所拿点药来?"这一说,这位老大妈一咧嘴哭了,边哭边嘟囔:"孩儿啊!你阿姨活着没意思啦!我家那个人说没就没了,扔下我这日子也没法过了,我家那俩孩子也不知去哪里了,怎么样啦……我现在天天睡不着觉哇,一晚上望着防震棚的顶子发呆。要早知道有这么一天,我怎么能那么犯浑呢……"

原来,是在地震的前一天的晚上,老两口还发生过激烈的争

十一、面对灾难

吵,全是为家里鸡毛蒜皮的那些事情,什么丈夫怨老婆偏心,什么东西都往娘家拿,对公公婆婆关心不够啦;老婆埋怨丈夫对自己关心不够,她身体有点儿小病小灾儿的理也不理啦……那天晚上,这老太太一时性急,还摔了家里的盘子和碗,筷子也散落了一地。两个孩子看父母又起"战争",跑到各自同学家里去睡觉了。她与丈夫分室而卧。结果丈夫在另一间屋子里睡得很沉被砸死了,两个孩子因在同学家里住都受了伤,但毕竟还活着。这老太太那个后悔呀!这一架吵的!是不是不幸的预兆啊?这些天来,她的脑子里一天到晚就琢磨着这些七七八八的事情,心情从突如其来的灾难中迟迟解脱不出来。

列夫·托尔斯泰有句名言,幸福的家庭都是相似的,不幸的家庭却各有各的不幸。是啊!一夜之间,一个百万多人的工业城市,竟有24万多人毁于一旦,这要击碎多少个家庭的幸福美梦啊!也给多少个家庭留下解不开的死结儿,带来巨大的精神创伤啊!归根结底,知足才能常乐,达观方能幸福。遇事还是要看开、放下、平和、冷静地对待,三思而后行,尤其是在家庭里,秉持"忍为高、和为贵",互敬互谅,互帮互助,就可以使生活变得简单,幸福也就变得容易起来,人生也就有可能少留下或少产生些遗憾和忧烦。唐山大地震,每天都给我上着此处无声胜有声的处世哲学课。活生生的事例,血和泪的教训,够我汲取一辈子的。

那时候,还没有像之后汶川、雅安等地震中的心理救援,但居委会制度还是比较健全的。我们班长申三元把车大妈的情况,及时向居委会领导反映,求得他们的关注和帮助。后来,有几次路过车大妈家,看到她穿戴得好多了,脸也洗得干净多了。只是见了我们点点头就走过去,那目光还是有些呆滞,一个人低着头默默地走路、做事儿。不知道要到哪一天,这老太太才能真正走

出心理阴影，过上正常人的生活。对绝大多数经历过这场灾难的人来说，还是能够正视现实的，特别坚强也是十分顽强地挺起胸膛，迎接生命里这场严峻考验与挑战。他们把失去亲人和家园的痛苦深深地埋藏在心底，努力从悲痛和创伤中跳出来。经过两个多月的共同战斗和生活，军民之间结下了深厚情谊，地震灾区呈现出一派军爱民、民拥军，军民团结一家亲的气氛。那些天里，经常有居民到连队主动帮助战士们洗衣服、缝被子、做针线活儿。有的家里还邀请官兵们去唠嗑、喝茶，畅叙军民鱼水深情，防震棚里，传出阵阵欢歌笑语。

记得我们连队驻地有一位叫二嘎儿的三四岁的孤儿，天天到连队帐篷里玩，时间长了，竟把老兵李业发叫"兵爸爸"，弄得李业发怪不好意思，那孩子总是缠着李业发讲故事，闹着要买冰棍儿吃。过了些日子，地方有关部门就集中把孤儿送到石家庄育红学校等单位去了。二嘎儿临走时，还专门来和他的"兵爸爸"及叔叔们告别，亮晶晶的眼睛里噙着汪汪的泪水。

抗震救灾工作步入正常后，我们的业余文化生活也相对丰富起来。接常不断地安排晚上在空地上看电影。那个时候的电影，都带有鲜明的时代烙印，政治色彩很浓。如《春苗》，好像是著名电影演员李秀明演的，里面有一句特别有名的台词是："宁要社会主义的草，也不要资本主义的苗。"还有一部片子，叫《欢腾的小凉河》，里面写了一个"走资派"，只知道抓生产，不抓所谓的阶级斗争，即所谓的"只埋头拉车，不抬头看路"。还有一部片子叫《创业》，好像是长影剧作家张笑天写的，还是经毛主席亲自批示："此片无大错"，才得以在全国公映的。那个时候就是这样，政治和艺术联系得特别紧密，经常有人因一部电影、戏剧或一部小说被捧红而登上政治舞台，也有的因一部作品政治倾向有问题被打成"反革命分子"，成为"黑五类"，甚至

十一、面对灾难

"永世不得翻身"。

给我印象最深的,是在唐山灾区听抗震救灾英雄作报告。当时开滦矿务局唐山矿有个干部叫李玉林,是个退伍军人,参加过抗美援朝,当过矿上的汽车司机,时任唐山矿工会副主席。地震那会儿他刚从矿上下夜班回到家里躺下,强烈的地震冲击波,把他家的房子也震塌了,但没有彻底倒掉,是被几个大衣柜把水泥预制板给挡住了。但他的头部也被碎石块砸破流了血,肩膀和脚也砸伤了。李玉林在倒塌的屋子里还没缓过神来,就听到整个唐山市忽然有一种类似海潮似的声音:"哗哗啦啦……"那是建筑物倒塌的巨大声响。他自己也不知道是怎么爬出来的。他即刻想到矿井下还有一千多名工人,心里很是着急,想立即去矿上看看。但等他爬出来一看吓坏了——除了几根电线杆子和树还立着,其他的都倒了。于是他踩着废墟,顺着铁路猛跑,他看到那铁轨都变成S形了。到了矿上一看,也都是一片废墟。当时,李玉林焦急万分,军人的素质使他顿时感到:这是一场毁灭性大地震,必须有千军万马的大部队救援才行。谁能调动千军万马呢?只有党中央和毛主席!"我只能亲自去北京了!"李玉林给我们作报告时,讲得可谓惊心动魄。他光着脚丫子、穿着三角小裤衩儿,辗转找到一辆矿山救护车,当机立断就用这辆车迅速去北京报信。于是,就在1976年7月28日凌晨4点10分,也就是地震发生近半个小时之后,一辆红色的矿山救护车从唐山矿出发,风驰电掣般地向北京方向驰去。这大概是唐山市第一辆"苏醒"了的机动车。

和他一同去北京的还有救护车司机崔志亮,他们走时路过崔志亮的家门,小崔师傅也没有顾上停一下车。等他们从北京回来,崔志亮的爱人和孩子被自己的房子砸在里面,都死了!后来在路上又碰到开滦煤矿两名工人,与李玉林一起上了同一辆救护车。

李玉林他们好不容易赶到北京天安门广场西侧,到了新华

门的门口，两位便衣警察样的人一看，一辆红色的矿山救护车横冲过来，车上的人灰头土脸，满身泥水和血迹，有的还只穿着背心和三角小裤衩，立即警惕地盘问他们是干什么的，找谁。李玉林想，是啊！我来这里找谁呢？但他马上焦急地有点磕巴地说："同志……我……我找毛主席，党中央！"哨兵正要再问些什么，李玉林声音有些哽咽和沙哑，他哭喊着说："同志！快救救唐山！我们唐山大地震了！整个唐山都平了！……"与此同时，从新华门里走出来的军官马上指示执勤哨兵向上级报告，不一会儿就传来命令，允许李玉林等人进去汇报情况。记得当时李玉林对我们说，接待他的中央领导有李先念、纪登奎、吴桂贤、陈永贵、吴德、陈锡联等。听完情况汇报后，他听到几位中央领导迅速碰头，并通知军方立即做好派兵赶赴唐山抗震救灾的准备。当年他作报告时，还讲了一个小花絮：他在中南海汇报情况过程中，一连打了好几个喷嚏，并咳嗽了几声，中央领导同志特别关心，又是给他倒开水，又是给他加衣服，吴桂贤副总理马上进屋给他找来几个小药片，让他立即吃下去。"嘿，人家中央领导同志的药咋儿那么管用呢，我的感冒症状马上就好多了！"他用浓重好听的唐山话讲到这里，台下的人轰的一声笑了起来。

今天在唐山大地震四十周年之际，让我们再次记住他们——几位在第一时间舍小家、顾大家，驱车去北京向中央领导同志报告灾情的工人阶级的优秀代表吧！他们是：时任开滦矿务局唐山矿工会副主席李玉林，工人曹国成、崔志亮、袁庆武。历史将会永远铭记着他们的！

事后了解到，在唐山驻防的24军72师某部女电话员高东丽，地震时正在守机值班，她完全来得及躲避险情，但她却选择用生命最后一息，抓紧向作战部门、上级通信值班室连发十多个报警振铃。也是这个部队某团报务员吴东亮，震后18分钟，用一台从

十一、面对灾难

废墟里扒出来的被损坏了的报话机，用通信勤务密码，向上级有关部门呼喊报灾，成为震区发出的最早的地震报告。驻唐空军某部调度室主任李升堂，在机场指挥系统瘫痪的危急时刻，冒着巨大风险指挥一架飞机飞往北京南苑机场，为向党中央、国务院报告唐山的地震灾情争取了时间。这同样需要多么高超的技术素养和精神境界！

四十多年后的今天，我知道，这些还健在和已离去的英雄们的名字和事迹，都已镌刻在高高的唐山抗震救灾纪念碑上，陈列在宽敞明亮的唐山抗震救灾纪念馆里。然而，我更愿意看到，他们的精神真正能够永久地走到活在世上人们的心里。

十二、众人忆往

网络信息时代,为当今的写作提供了极大的方便。一键在手,便可迅速占有需要的资料,甚至连图片都一应俱全。写出的文字,可以随写随发,一般当天就能发表;写得好的,传播既迅速又广泛,点赞者众。正是因为有了这样的便利,我的"忆唐山"系列随写随发后,引得不少很多年没有联系的战友们纷纷忆起唐山抗震救灾的许多往事,为我提供了不少的救灾年月的故事细节。

炊事班长王章庆回忆说,连队到达灾区的第一天晚上,我用连队带去的水熬了一锅绿豆汤,和本班四川籍战友罗义友一起抬着,给正在紧张救人的连队官兵送去。那是一段什么路啊!我们足足走了二十多分钟,基本上是从死人堆里走过去的,迈过去一个,又迈过去一个……当到达连队救灾现场时,我们俩的衣服都粘在身上了,从头到脚都是汗,累的?热的?都是,但更多的还是吓的,那时候才知道什么叫"惊恐万状"啊!他还回忆说,当时在地震灾区,有时连队请领的猪肉一顿吃不了,大夏天的也没有什么冷冻设备,怎么办?司务长钟贤方就想了一个土办法,在地上挖个一米多深的大坑,然后把肉用塑料布严实地裹起来放在

十二、众人忆往

坑里,这方法还真管点用,大大减缓了猪肉变质的时间。也不知道当时司务长从哪里学到的这种储存方法。

一位老排长回忆说,我们在废墟中发现有人活着后,就拼命搬走那些沉重的水泥预制板,接近目标时,大家用脸盆装碎尸瓦砾,一盆盆地往外端。很快使工作面成为一个直径约三米、深两米左右的大坑。我们看到大坑底下有一张布满灰尘的脸,只有眼和嘴角还微微在动。我们立即把他周围的建筑破碎物清理干净,然后我和另一位班长拎住那人的肩膀,慢慢地把他的身体从掩埋的瓦砾中拉出来。这时,那人的眼睛睁开了,从嘴里传出微弱的声音:"谢谢你们!我媳妇和孩子也在里面,都还活着,求求你们,快救救她们!救救我们一家!"我们一看,在刚才救出来的人身子下面,确实有一个黑洞,勉强能钻进去一个人,我立即钻进去,借着洞口进来的一点微光,我看到一个被砸下来的床头,挡在木床的旁边,在被砸塌的木床底下,蜷缩着一个五六岁的小男孩儿。见我们来救他哭了,边哭边喊着要吃冰棍儿。我把床头堆的那些碎石烂砖都一点点儿地扒拉走,形成一个通往床下的洞,然后我把上半身探进去,用双手往外拉小孩儿,我一点点地往后倒退着挪动,待我的双脚露出洞口后,外边的战友又拉住我的脚。就这样慢慢地把孩子拉了出来。这时就听到孩子说:"我妈妈还在床上呢!"其实,我刚才在洞里已经看到床上还睡着一个人,身上死死地压着一个水泥板,一条腿垂在床边,人已经死了。那肯定就是孩子的妈妈了。我拉孩子出来刚想定定神,就听洞里哐当一声,好像是刚才的床板又往下塌了,乖乖,真是好悬哪……

据现在四川成都的三班长张蜀回忆,我们连队在唐山市八中救灾时,学校的广场上后来堆满了各种救灾食品等物资,我们连队每天都要派人把守看护。一天,公安干警押着两个用绳索捆

绑着的人,来到广场上,听说是抓到的在商场和银行废墟上哄抢东西的人,因当时公安机关也没有固定办公场所,各类案犯也没有地方看管,决定就地执行枪决。只听到执行死刑的干警那枪子弹都"哗哗啦啦"上膛了。我当时正在现场看护物资,被这场面吓得够呛,但转念一想,在这里枪毙人,那血污还不遍地呀!污染了堆放的食品我可负不起这个责任哪!于是,我就上前向公安干警说明情况,请求他们是否更换一个地方执行枪决。他们还真听了我的劝告,就押着两个抢劫的人走了。三班长张蜀说的这个情节,当时我就听说了,现在也还记得。这位老班长张蜀还说:

"小马,你的油漆仓库抢运物资的那段讲述,也让我想起当年那场战斗。那次我也受了伤,原因是不少油漆桶是被倒塌的仓库顶掉下来的木梁木板压着的,要先清理后才好将油漆桶搬出来。当时也许是由于我性子急了点,还没有清理完上边的木料就急着抱起下面的桶,没想到旁边一根歪斜木梁倒下来,重重地砸在我的脊背上,我的身子不由得往下一扑压在另一个突出物上,当时右肩膀受伤,流了不少血,前胸也被硌得生疼,当时也是让卫生员简单处理一下,又继续投入战斗了。"是啊!在那个年月里参加唐山救灾的官兵们,哪个没有磨破皮肉,扎伤脚或受些其他轻伤的经历呢!但我们认定,为了灾区人民,个人受些罪,吃点苦,包括受点伤,直至必要时献出生命都是值得的。

唐山抗震救灾时,因为我是才入伍几个月的新兵,只知道在抗震救灾一线担任指挥的是河北省和北京军区组成的联合指挥部,总指挥是时任河北省委书记刘子厚,副总指挥是北京军区副司令员肖选进,副政委万海峰和迟浩田,以及时任河北省军区司令员马辉,省委副书记马力等。更多的情况就知道的很少了。后来,过去许多年,我又听说军区第一批部队奔赴唐山救灾时,军区首长是由时任副参谋长李民和政治部副主任郑希文率领先期进

十二、众人忆往

入的。之后我于20世纪90年代初和2012年底以后两次在原北京军区政治部工作期间，多次去看望已经从国家司法部副部长位置上退下来的郑希文老首长，也多次听他回忆起抗震救灾的岁月。一直到去年年底，军改前按北京军区建制运行的最后阶段，93岁高龄的郑希文老首长辞世，我代表军区政治部机关前往其家中吊唁，还特别叮嘱有关部门的同志，不要忘了写上老首长唐山抗震救灾这段历史贡献。在办理后事的过程中，由于老首长最后一个职务是在国家司法部任职，他的档案一时无法找到。我了解到这一情况后，立即督促有关部门抓紧到中组部和总政治部查找，终于找到老首长档案的下落，家人很受感动。

当时指挥抗震救灾的老首长，现在健在的就是万海峰和迟浩田了。万海峰后来任成都军区政委，退休后各种关系又转回北京军区，现在虽已96岁高龄，身体状况还不错，头脑思维还很清楚，腿脚也还算利落，军区一些需要老首长参加的活动，一般都来参加。迟浩田在粉碎"四人帮"后任人民日报社负责人、副总参谋长、济南军区政委、总参谋长、军委副主席，今年也已是将近90岁高龄的老人了。由于工作关系，我与这两位首长每年都要见几次面，也经常与他们谈起唐山抗震救灾。谈起那段难忘的日子，老首长们都感慨万千，有说不完的话。

听老首长讲，当时军区迅速组建成立起唐山抗震救灾前线指挥部，下设指挥组、政工组和后勤组。在市区秩序一片混乱的情况下，前指因陋就简，设在机场调度指挥台旁边的一块草地上，搭起一顶只有二十多平方米的帐篷，有一部小型柴油发电机，可供几盏电灯照明用电。参谋人员把两张断了腿的桌子拼接起来，铺上一张军用地图，在万分焦灼的气氛中，前指首长们围着这张地图开始调兵遣将，指挥这场历史上罕见的抗震救灾战役。

据迟副主席回忆，就在地震发生前二十多天的7月6日，他

还陪同时任北京军区政委秦基伟将军勘查地形时来过唐山，并听取了驻唐山部队的情况汇报。当天晚上，得知朱德委员长逝世的消息，他们遂改变行程，翌日赶回北京。当时了解到的情况是，唐山市的工业总产值已达22.4亿多元，占全国工业总产值的百分之一，是坐落在冀东大地上的一颗明珠。然而，仅仅过去二十来天时间，唐山这个重要的工业城市，巨大的经济生命体，就没了呼吸，没有了脉搏，只有废墟瓦砾血水和陈尸……迟副主席回忆说，那些日子，解放军官兵在抢扒被埋幸存者的同时，还冒着危险，昼夜突击，将已腐烂的遗体从废墟里扒挖出来，用塑料袋包装好，再手抬肩扛送到汽车上，运到郊区掩埋。年轻的战士们天天与腐烂的遗体打交道，臭味冲鼻，常常恶心呕吐，普遍吃不下饭，体重急剧下降。有的战士因时间长，劳累过度，加上臭味难闻而晕倒在废墟边，遗体旁。迟浩田首长一位老战友的儿子，扒挖和运送遗体弄得灰头土脸，身上血肉模糊，一次突然跑到帐篷里向他要吃的："迟叔叔！我饿得实在受不了啦！"边说边四处打量，搜寻可以果腹的东西，看见桌子上还有半杯水，便用脏乎乎的手抓起来"咕咚"一下就仰脖灌了进去。看到战士这副模样，首长也感到心疼啊！官兵们忘我救人，是在挑战生理和心理双重极限。

一天，迟浩田坐着吉普车巡视救灾部队，突然被人群堵在路上。远远望去，只见棍棒起落，乱石如雨，一问，原来是群众在惩罚一个"趁火打劫"的人。这家伙在一个倒塌的旅馆里，专扒死难的人手上的手表，扒一块，戴一块，到被抓时两只胳膊上已经套了37块手表。回到指挥部，迟浩田马上向刘子厚和马力等领导同志谈起这件事儿，商议尽快采取措施，维护好社会秩序。唐山抗震救灾总指挥部很快发出"第一号通令"：明令严禁抢劫财物，要求将所有哄抢物资立即退回，执行任务的民兵不许随意开

十二、众人忆往

枪。此后,又抓获了一批犯罪分子,并公开宣判,震慑了罪犯,使一度发生的哄抢行为很快被制止,社会秩序日趋稳定。在谈到当时唐山遭受大地震后,不接受外国援助一事时,迟浩田首长不无惋惜地说:"那是我们的失策啊!"那时我们确实没有意识到这是不妥当的做法。当中央慰问团的领导同志说到"外国人想来中国,想给援助,我们堂堂中华人民共和国,用不着别人支援我们"时,我们当时听了很激动,鼓掌,流泪,也跟着那么喊。多少年以后才知道是干了大蠢事!自然灾害是全人类的灾害,我们每年不也都要向受灾国家提供那么多的援助嘛!

迟浩田副主席还深情地回忆起我们团四连在唐山商业医院抢救出地震十三天还存活下来的卢桂兰的那次救援。他说,当时我闻讯立即赶到救援现场,担心扒水泥块会碰落碎石伤害下边的人,我与在场的军师领导商量,决定扒开病房西侧的断墙,平行打开一条通道。战士们忍着炎热饥渴轮番作业,硬是用手指头掏开一个洞钻进去,找到了这位妇女。怕她被灰尘呛着,用口罩捂住她的嘴和眼睛。为防止她碰伤擦伤,大伙儿摘下帽子当工具,把压在她周围的碎砖石捧到帽子里传递出去,然后用一条床单小心翼翼地把她托出洞口。此时是8月9日19时20分,距离大地震发生已经过去了303小时38分!在对卢桂兰进行了紧急救护处理之后,迟浩田首长又马上联系飞机,从上海和北京等地调集好药,抢救这位命大的卢桂兰。十六年后,中央电视台《综艺大观》节目邀请当年唐山大地震的幸存者卢桂兰做客制作节目。迟浩田首长专门在国家地震局接见了她,并与她合影留念。卢桂兰在做客央视《综艺大观》节目时说:"在这场我做梦也没有想到的大灾难中,我遇到了这么多抢救我的好人!这天大的恩情让我拿啥来报答呀!我只能逢人便说,共产党好!解放军亲!让我家世世代代的儿孙们永远记住这份恩情!"

十三、白衣天使

说起唐山抗震救灾,就不能不说奋战在抢险救灾一线的白衣天使们。他们在持续多天断水停电、余震不断、高温酷暑的情况下,救治、护理和转运伤员,进行灾后重大疫情预防,保障救灾部队官兵身体健康,服务灾区群众,付出了十分艰辛的努力。以实际行动,践行着我军宗旨和白求恩精神,展示白衣天使的高尚品德和优良作风。

那个时候,在唐山街头,见到最多的人就是穿着白大褂的医务人员,有部队医疗单位的,也有全国各地派来的医疗队。他们每天在简陋的卫生救护帐篷里忙碌,在废墟和街道的各个角落喷洒药物,顶着烈日,汗流浃背,不辞辛苦。

我们38军113师卫生科,是被中央军委授予"全心全意为人民服务的先进卫生科"荣誉称号的单位,可能也是迄今为止,在解放军的历史上,唯一一个被授予荣誉称号的卫生科。当年我在老家中学读书时,在课本上就知道有这样一个先进卫生科,当兵以后才知道实际上就是这个师的医院,因为驻地满城县一位名叫张秋菊的农村妇女摘除了肚子里45公斤重的特大肿瘤而闻名。直到现在,在保定一提"先进卫生科",都知道是一所实力较强的

十三、白衣天使

部队医院。尤其是现如今该院的妇产科大楼,面积达2400平方米,被联合国基金会和国家卫生部命名为"爱婴医院"。

当年接到赴唐山地震灾区救援的命令时,医院有部分同志,

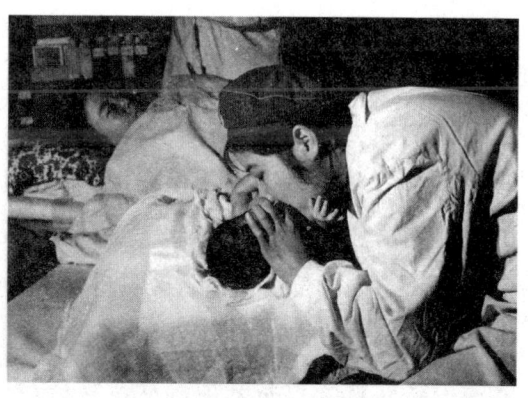

解放军女护士在给伤员做人工呼吸

正在高阳农村执行为群众巡诊任务返回部队营房的途中,闻令后他们立即调转车头,连营门也未入就向唐山全速开进。下车后,他们背包未解,家也未安,立即投入紧张的抢救。连续三十多个小时没顾上喝水吃饭,不到10天,他们就收治和抢救550多名、救护5000多名、转运1500多名各类伤员。还帮助地方在较短时间内恢复了一个医院和七个合作医疗点,建立起一批群众防疫站。

有一个不满周岁的孤儿,送到医院后,医护人员马上找来全院仅有的一袋奶粉给孩子冲泡着喝,过了两天,这个医院女军医给孩子喂奶粉的图片,刊登在首都各大报刊的醒目位置。刚到灾区时,哪里任务重,医院就奔向哪里,几次转移救护所的场地。一位叫曹平的护士抱着这位婴儿,就像护理自己的孩子一样,走到哪里就把她抱到哪里。每当小孩哭闹时,只要一看到小曹就不哭了,后来孤儿要送往外地集体护理,临离开时,医院的医生护士们不少人都流下恋恋不舍的眼泪。2016年夏天,习近平总书记到唐山考察时,亲切看望那些在社区幸福生活着的大地震幸存者们,我在想,他们之中会有当年先进卫生科救护过的那个孤儿吧!我在首都北京深深地祝福她!祝福所有经历过那场大地震而幸存的人们!

值得一说的，还有地处唐山重灾区的255医院。地震以后，这个医院与整个唐山一样，也成为一片废墟，造成重大人员伤亡和财产损失。2016年5月，我曾到这个医院进行调研，听医院领导介绍，当年医院领导班子中，有好几位领导全家覆没，医院的医疗用房和办公用房全部坍塌，医疗设备大都也被砸坏。但从废墟里爬出来的部分同志，不顾个人伤痛，立即投入紧急抢险救人。医院迅速成立起两个医疗小组和一个自救组织，分工负责，先急后缓，优先抢救驻地群众，就在7月28日一天，抢救和送治500多名群众伤员。有的医务人员累得晕倒在手术台和伤病员的床前。

一次，医疗组正在抢救一位伤员时，一阵余震袭来，附近残墙断壁倒塌，碎砖乱石纷飞，伤病员生命安全受到威胁，军医和护士迅速扑到伤员身上，用自己的身体挡住碎砖乱石，保护伤员的安全。有的伤员手和胳膊受伤，吃饭喝水都不能自理，医务人员就一勺勺地喂饭喂水；有的伤病员呼吸困难，医务人员就口对口地进行人工呼吸；有的伤员大便解不出来，用药后也不见好转，医务人员就用手一点点儿地帮助他们抠；有的伤员小便排不出来，医护人员就用嘴含着导尿管，一口口地往外吸……就这样，许多伤员在这里得到了及时治疗，转危为安。

我们连在抗震救灾期间，有段时间就住在255医院附近。一天，一班长王永常和战士刘必良、甘明会，在清理255医院的废墟时，扒出来两把椅子和一个柜橱，这几件家具虽稍有损伤但还都能用，基本上是完好的。那时人们都住在临时防震棚里，急需家具等生活用品。于是，一班长王永常就与几位战友抬起这几件家具，往防震棚区走，来到一位叫王桂芝的军医住的防震棚里，了解到她的丈夫叫张龙，当时在唐山军分区工作。王永常他们一看，防震棚里除了七拼八凑起来的煤炉子、饭锅、盘子和碗筷以

十三、白衣天使

外,可以说是家徒四壁,空空如也,连一件生活用具也没有。王永常班长见状就说明来意,从废墟里扒出来的这几件东西,如不合理利用,可能一会儿就会被人搬走或当劈柴烧了,太可惜了,给你们用来救急吧!王桂芝两口子一听,连连摆手:"班长同志啊!那可不行!这东西不是咱家的,咱可不能要啊!"王永常班长说,现在也无法找到失主了,你们用一下也无妨吧?王桂芝说:"那不行,我们俩也都是解放军,不拿群众一针一线,是毛主席他老人家早就给咱定下的规矩,可不能破呀!"到最后,这两把椅子和一个柜橱也没有留下来。王永常和几位战友只好将家具抬到附近居委会,由他们去分配。这么多年过去了,老班长王永常还记得这位与自己亲姐姐同名同姓的王桂芝,记住了255医院和唐山军分区这对在灾难面前严格遵守群众纪律的军人。

地震灾害发生在盛夏,确保灾后不发生大的疫情是个硬仗,如果在这方面发生了问题,造成次生灾害,损失不可估量。为打好这场硬仗,医疗系统和任务部队紧急动员,周密部署安排,在普遍搞好防疫的同时,注意抓重点和要害。首先就是指导各部队搜寻掩埋在市区内已高度腐烂的尸体。那些尸体普遍埋得浅,而且当时也没有任何棺木,此时已经腐烂生蛆,流着黑水,空气中弥漫着一股恶性尸臭味儿。在医疗卫生部门的具体指导下,本着"快敛、快运、深挖、深埋"的原则,官兵们冒着病毒感染的危险,连续突击三个昼夜,将任务区掩埋的近万具尸体全部扒出,重新装袋转运深埋。我们连队有一个与黑孜孜拉同期入伍的彝族战士小施,按照本民族习俗,认为见到死人是不吉利。但连队接受转运尸体任务后,他二话未说,扛起尸体就往车上装,尸体臭味加上从小受到的家族教育引起的心理反应,使小施不断有欲呕吐的症状,走一步呕一声。连队的其他战友劝他不要干了,歇息一会儿,他不肯,一直坚持到任务完成。

夏日的雨后，本来掩埋得就很浅的尸体，透过被雨水冲刷过的薄薄土层，严重污染着大街小巷的空气，招来成群的蝇孽和蚊虫。我们冒着几乎令人窒息的恶臭，挥动铁锹铁镐，掘开土层瓦砾，把腐烂的尸体一块块捡到塑料袋里，尔后再搬到车上运走。当时也没有更好的防毒消毒器材和药品，我们就用毛巾纱布，或者手套包上仁丹、大蒜泥、辣椒粉、生姜末等自制成厚厚的口罩，实在熏得支持不住时，就再喝上几口白酒，便背上尸体跑了起来。师团医院和卫生队的医务人员，都抓紧在我们清理完尸体的地方喷洒消毒剂药物，前边清理一处，后面喷洒一处，而且连续几天反复喷洒，确保病菌不泛滥。

具体到我们连队的救护和防疫，主要依靠连队的卫生员曾荣学来完成。曾荣学是四川人，瘦瘦的，白脸儿，浓眉但眼睛不大，个子不高，尖下颏儿，一说话就笑吟吟的。给我的印象他的脾气天生就是搞医疗服务的料儿，好像没有着急和生气的时候。他每天背着药箱到各班排巡诊，发现我们哪里不舒服，或在抢险中受了皮肉伤，他都很上心，又是给医送药，又是热敷按摩，反正土招法用得不少。我的脚被钉子扎伤时，他每天都要来看几次，还劝我好好休息，见我不听他劝告，还吓唬我说要到连长指导员那里去反映，让他们以"不服从命令"来论处。我只好当着他的面答应得好好的，一转眼又跟着部队去救灾现场了。与眼前唐山的大灾大难相比，一点儿个人伤痛真的不算什么。发生在盛夏的这场大地震，没有给唐山带来灾后大的疫情，白衣天使功不可没！我们应该永远记住他们。

十四、花季女兵

在唐山驻军255医院，我听到一个悲惨的故事。

唐山大地震发生之后，255医院有65名年轻的女护士被强烈地震夺走了生命，她们中有许多人正在值夜班，是在工作岗位上为了护理病人而被强震夺去生命的，因而遇难后，绝大多数人都被评为烈士或被追认为共产党员。她们刚入伍时都是从13岁到16岁的少女，地震发生时，她们都有了六七年的军龄，年龄都在20岁到23岁之间。

其中有一位女兵，她死后没有被评为烈士，也没有被追认为党员。但人们却牢牢记住了她的名字和经历。大地震过去三十年后的2006年，255医院的老战友们把她的故事拍成了专题纪实片，起了一个带有悲凉色彩的名字《最后的女兵》，片名是时任中央军委副主席、曾担任过唐山抗震救灾指挥部副总指挥的迟浩田上将题写的。

甄颖影，一位军队干部的孩子，皮肤白皙，柳细眉，瓜子脸儿，那模样儿有点像电视剧《红楼梦》中饰演林黛玉的陈晓旭。她是地震遇难护士中年龄最大的一位，刚满23岁。思想单纯，性格活泼，脾气倔强，说话直率。20世纪70年代初，甄颖影初中毕

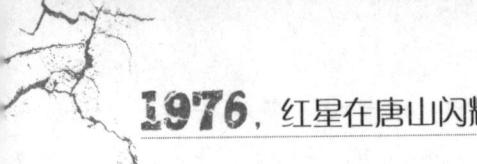

业后想当兵,找到在新疆某部队当军官的爸爸。爸爸说,你愿意当兵可以,但具体事情我不管。找到妈妈,妈妈说,你还小,当兵干吗?甄颖影一看,在父母那里找不到支持,就赌气说:"你们不管,我就自己去部队。"当时,正是冬季,新疆境内漫天大雪,甄颖影也没戴帽子和手套,冻得受不了,出了门好远又折回来。妈妈一见女儿回来,就笑着说:"傻丫头,我知道你就走不了!"谁知甄颖影从家里找出帽子、围巾和手套,头一甩就又匆匆地走了。坐了将近一周的火车,甄颖影终于到了北京,她累得筋疲力尽,辗转找到父亲的战友,真的如愿当上了兵——到唐山驻军255医院内一科当了卫生员。

有一次,医院有位老专家史医生给护士们讲人体解剖课,讲道,人的大脑是有沟有回的,一般地说,沟回越多越聪明。这时,正在听课的甄颖影霍地站起来,说:"史医生,您讲得不对,毛主席不是这样的说的,人的正确思想,只能从社会实践中来……"搞得史医生当场下不来台,把课本一摔,说:"你们的课,我上不了……"

甄颖影文化基础好,酷爱文学创作,早在20世纪70年代初,就作为北京军区后勤八分部的代表,参加天津市的"贯彻落实毛主席《在延安文艺座谈会上的讲话》创作学习班",担任学习班授课任务的著名作家蒋子龙先生特别喜欢这位来自部队的女兵学生,说她天资聪颖、勤奋好学,很有思想,而且不耻下问,敢于提问和辩论,有时在蒋子龙先生家吃着饭,因为某一个问题,甄颖影就和老师辩论起来,尽管是全国有名的大作家,可蒋子龙先生要想说服眼前这位小女兵,还真得费不少劲儿呢!她创作的许多话剧剧本,都先拿给蒋子龙看,有写军人家庭生活题材的,有写新疆地方风情的,有写部队卫生兵学习训练的,等等。其中,有一部题为《家庭风波》的话剧剧本,还被医院文艺宣传队排练

十四、花季女兵

演出，很受好评。

这位聪颖漂亮的女兵，本来是可以躲过地震一劫的。1976年6月底，甄颖影得知在新疆的父亲有病，加上她已经几年没有回家探亲了，就向医院领导请假回新疆探亲。那时交通不便，去新疆坐火车路途就需要十多天，加上二十天假，正常情况下，甄颖影应该是在7月底归队。可谁知休假期间，她的一位战友给她写了一封长信，信中说，你已经入伍七年了，写了无数次入党申请书，到现在也还没解决。听说今年底，没有解决入党问题的卫生员，一律安排退伍……甄颖影看完这封信，在家里说啥也待不住了。她匆匆告别父母和哥哥等家人，买上飞机票就回了部队。

甄颖影探家乘机返回北京，正是1976年7月26日，她又绕道天津，专程去看望文学路上的老师蒋子龙先生，蒋老师留她在家吃了饭，耐心解答一个时期以来她在文学创作中遇到的困惑和问题。告别了老师蒋子龙，甄颖影就于7月27日下午回到了255医院。医院的同事王建见甄颖影提前归队，就问，为啥不在家多住几天呢？甄颖影回答，科里人手少，在家待不住啊！

奔波劳顿几天刚回到部队的甄颖影，27日那天夜里一定睡得很香。23岁，正是一个人能吃能睡的年代。

凌晨3点42分，随着夜空一道蓝光，唐山大地剧烈晃动！瞬间房倒楼塌，尘烟四起；大地震裂，山呼海啸。整个255医院顿时陷入一片混乱，有的倒塌的楼房还着起了大火，火苗把夜空映得通亮。从女护士住的集体宿舍里传来"快来救救我！救命啊……"撕心裂肺的哭喊声。

不一会儿，就有从废墟里逃出来的人们在自救互救，大家从倒塌的宿舍里，顺着声音寻找幸存的人们，也把那些遇难的人们抬到医院的篮球场上，很快伤员和尸体就摆成了好几排……甄颖影身上没有受伤，但她感到浑身疼痛，根本就站不起来，此时她

紧紧地闭着眼睛,静静地躺在篮球场上。

不知又过了多长时间,根据医院临时党委的决定,要把医院的重伤员全部转移天津。甄颖影和她一同受伤的战友们一起被抬上了解放牌卡车的车厢里。

车厢里,弥漫着一股血腥味儿和汗臭味儿。一些胳膊腿受了伤的官兵,不时发出"哎哟哎哟"的呻吟声。甄颖影开始还是静静地躺在大厢板上,她紧咬着嘴唇,眼角儿噙着泪花,不停地在小声自言自语:"我真的会死吗?我会死吗?"忽然,她要把自己身上的衣服脱掉,边脱边喊一位护送她们的男兵战友的名字:"李洪义!李洪义!你过来!过来……"

李洪义急忙走到甄颖颖跟前,问:"甄颖影!你要干什么?要冷静、冷静,你不会死的!咱们一会儿就到汉沽了,马上就到天津了!我一定要把你们送到目的地!听我的,相信我……"

甄颖影忍着身体的剧痛,缓缓地、吃力地扶着车厢的栏杆腾地站了起来,两眼死死地瞪着车厢外边的远方。李洪义发现,她的眼神儿不对,那是一种求生和绝望、希望与忧虑并存的眼神儿。

"李洪义!李洪义!你……你抱抱我……李洪义,你抱我一下……"甄颖影喘气有些急促起来,几乎是用命令的口气呼喊着李洪义。

李洪义连忙走到甄颖影跟前,搀扶着她,劝说道:"颖影,现在需要好好休息,你要坚持,要有信心,你不能死!一会儿就到天津了,那里没有地震,很快就会给你做检查的,会有救的……"

汽车在颠簸中继续开进。快到汉沽大桥时,车辆出现堵塞,听说是大桥被震垮塌了,正在组织舟桥部队抢修。

带队的255医院领导决定,汽车掉头,就近到驻军一个炮兵团的卫生队临时救治,待大桥修通后再看情况决定是否前行。

十四、花季女兵

送到炮兵团卫生队约两个小时后，甄颖影，这位年仅23岁的女兵就失去了生命。据一直守在她身边的战友周黑子说，到死，她的眼睛也没有合上。

最后，卫生队的诊断结果是：脾破裂引起内脏大出血，急需输血，但炮兵团的卫生队当时没有血源。

甄颖影，参加工作七年，手术台前的无数个日日夜夜，她协助主刀医生不知抢救过军内外多少伤病员！甚至还为抢救病人生命临时献过几次血。而到了自己的生命遇到危难需要输血时，却找不到血源！

大地震过去三天后，作家蒋子龙不放心甄颖影的安全，急匆匆辗转赶到255医院打听她的下落，当他听说甄颖影受了重伤，后被转移外地抢救无效去世了，不禁泪湿衣襟：多好的女兵啊！为了护理事业，为了医务工作，为了追求进步，探家假期未满就提前归队。那天，我怎么就没执意留她在天津多住一天呢？直到多少年以后，这位著名作家回忆起大地震的经历，还为失去甄颖影这位女兵学生深感痛惜，心中留下了永远抹不掉的遗憾和痛苦。

四个月后，255医院专门派人到汉沽附近的炮兵团旁边的一片盐碱地里，找到了一个坟头，一副小小木牌上面用毛笔写着"甄颖影之墓"。挖开墓穴，见当时处理得还是很认真、细心的。甄颖影的遗体用一床新军绿被包裹着，四周是白白的床单，还有一束束营区周围生长的一种无名花，甄颖影那一头黑黑的长发还清晰可见……

黑发上面，是一颗还在熠熠生辉的红星……

十五、可爱一江

在255医院地震遇难的65位年轻护士中，还有一位内二科的卫生员，叫阮一江，年仅21岁，当时已是有着七年军龄的年轻老战士。

阮一江的父亲，是一位参加过"一江山岛"保卫战的老革命，当我军历史上第一场陆海空协同作战传来捷报时，这位老革命的女儿也在后方呱呱坠地了，父亲给她起了一个有纪念意义的名字：一江。阮一江当兵时，她的父亲是驻唐山空六军副军长。

阮一江的妈妈出生在天津"常氏相声家族"，著名相声演员常宝华和常贵田是她的弟弟和侄子。阮一江的妈妈早年也在部队的文工团当演员，听说还上过朝鲜战场呢！

从小到大，阮一江受到的都是革命传统教育，父母经常教育她要艰苦朴素，助人为乐，尊老爱幼，文明礼貌，绝对不允许有丝毫的高干家庭的优越感。小一江也很自觉，只知道父亲是军人，从来不问父亲是个什么官儿。上中学时，有一次，一江从营区外回来，要进营房，正赶上站岗的是一位新兵，拦住她说啥也不让进。

哨兵问："你要进去干啥？"一江答："我爸爸在这里面当兵。"

十五、可爱一江

哨兵又问:"当兵?在哪个营哪个连呢?"一江一时支吾着说不上来。

哨兵不让进,一江就站在营门外傻等。后来过来一位机关干部,一问缘由,就对哨兵说:"你这个新兵蛋子胆子够大的,在咱们营房里,还有几个人能姓阮?这是首长家的千金,你也敢拦?!"一江这才跟着那位叔叔进了营区。

活泼开朗的阮一江

阮一江继承了爸爸妈妈的性格和禀赋,既刚烈,又活泼,多才多艺。入伍后,医院文艺宣传队排练《长征组歌》,阮一江担任朗诵和领唱,演得挺像那么回事儿的。"红军不怕远征难,万水千山只等闲","四渡赤水出奇兵,毛主席用兵真如神",许多精彩唱段一时传遍全院。有科里的战友夸奖阮一江演得好,她就表现得异常兴奋,风趣地说:"嘿!咱是纱绷子擦屁股,露了一手儿!"把那位战友逗得笑弯了腰。

娱乐是骨干,工作上也不含糊。有一次,内二科接受了一位急诊病人,高烧不止,已经几天未解大便了。就在阮一江和战友推着他入院时,在医院的走廊里,病人突然拉了一摊屎,顿时臭气把整个走廊都熏透了。许多路人掩鼻而逃,被抬的病人和随行的家属也表现得很难为情。只见阮一江二话不说,迅即找来纱布和报纸,认真耐心地给予处置。她的脸上没有一丝不高兴,反而乐呵呵地说:"这就好了,这就好了,几天不大便,该有多难受啊!"她就是这样,心里只有病人,没有她自己。

20岁出头的女孩子,正是对爱情渴求强烈的年龄。医院里有一

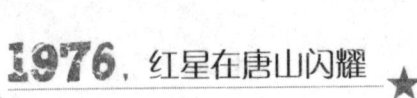

位叫武力军的北京兵,对阮一江有那么点儿意思,阮一江对他也有好感。遇有集体活动,乘坐解放牌汽车时,在大车厢里,别的女兵都去扶车厢里的栏杆,而阮一江就来扶武力军,有时候还主动牵起武力军的手。直到大地震那天从午夜到凌晨3点,武力军和阮一江还有一次特别投入的聊天。那天晚上,一位家在281医院的战友,从家里带回一些新鲜的螃蟹,煮熟后便招呼一帮年轻人一起"打牙祭"、摆"龙门阵",大家边吃边聊,笑声、歌声一片。散场后,武力军和阮一江又凑到一起,他们在一起说过去、说现在、说未来,憧憬着幸福的明天……临分别时,他们相拥片刻,对视良久。谁能知道,这竟是时光留给他们的最后时刻。

本来,阮一江有几次躲过大地震一劫的可能。大地震前的一个星期,她因鼻炎在院里五官科住院,病症还未好利索,她就拿了些药强烈要求出院,说:"我们科里人手太少,我不能住院了!"地震后,五官科住院部的病房破损情况要比护士宿舍好得多。地震的前一天下午,阮一江听说下部队调研的爸爸要从外地回家来,她就给医院领导请假回了家。那天是她回家待得比较长的一次,她边等爸爸边和妹妹聊天,两个人谈了很多,对恋爱的态度,工作上的酸甜苦辣,阮一江还特别叮嘱小妹,在家里要多帮妈妈干活,少叫爸爸妈妈操心……一直等到晚饭时分还不见爸爸归来,妈妈就劝她不要等了,还是遵守医院的规定,早点归队。阮一江带着对爸爸的思念,对妈妈的牵挂,很不情愿地走了。

当凌晨3点42分大地震袭来时,护士宿舍瞬间化为废墟,北京兵武力军从自己的科室迅速摸索着赶到阮一江她们住的宿舍,与随后赶来的人们一道,奋力用双手搬动那一块块压得死死的水泥预制板和石棉瓦……"一江!一江!你在哪里?"武力军声嘶力竭地呼喊着……

看到了,看到了!在人们费力撬开的一堵倒塌的山墙下面,

十五、可爱一江

发现年轻的阮一江已经被压得变了形,鲜血流了满地……

空六军的家属宿舍也倒塌严重。阮一江的爸爸被砸伤,妈妈也受了轻伤,妹妹被砸坏了腿部神经,下不来地、走不动路了。妈妈被救出废墟的第一个反应是:在255医院工作的女儿一江怎么样了?

7月29日,妈妈辗转找到255医院。一路上,她想了很多,这么大的地震,整个城市都夷为平地了,自己家丈夫和女儿被砸伤,这些都算不了大事了,不知大女儿一江咋样?但愿她好好的……唉,要是有个三长两短的,让我这当妈的怎么受啊!前天晚上,我怎么没有留她在家住下呢!

武力军一眼认出,院子里这位寻找女儿的,就是阮一江的妈妈。他立即跑上前去,领着阮一江的妈妈去看女儿!这是我的一江吗?这是我的宝贝女儿吗?妈妈看着眼前的阮一江肿胀的身体、鼓起的眼睛,怎么也不相信眼前就是她要找的亲生女儿:我的女儿是那么文静、那么苗条、那么白皙、漂亮……"阿姨,这就是阮一江,不会错的……"武力军搀扶着阮一江的妈妈,把一块一江生前戴过的手表放到她的手里:"这是从一江手腕上摘下的……"

阮一江的妈妈一下子瘫倒在医院的临时太平间里。

此时,远在外地陆军部队当兵的阮一江的弟弟阮志雄,已经随所在部队开进唐山,投入了抗震救灾的战斗。

十六、承渤之死

地处震中心的255医院,大地震过后惨不忍睹。据当时幸存的人们回忆,整个院子一时雾气浓浓,瓦砾遍地,火光四起,哭喊声此起彼伏。倒塌的病房里,一位年轻的女兵被一根梁柱戳穿了胸膛,胸口血肉模糊,惨不忍睹;一位孕妇已快临产,她人已断气,下身还在流血。还有一位遇难者,眼球外突,舌头外伸,整个头颅被挤压成了一块平板;另有一位遇难者,上半身完好无损,下半身和腿脚却已模糊难认;一位怀抱婴儿的妇女,半边身子伸出窗外,臂弯里还本能地死死地抱着自己的孩子,一头长发耷拉在突兀横穿在旁边的水泥柱子上。

在妇产科垮塌的二楼病房里,人们找到了21岁的女护士丰承渤,当时她的身体被几块重重的水泥楼板和一张铁床架子死死地卡住了,整个人只能弓着身子,半边脸朝向外边……看到有人来救她,丰承渤露出一丝笑容,努力发出一句问话:"不知咱们科……病号都跑……出去了吗?"

负责医院文化工作的刘干事来看她,她第一句话问的是:"刘干事……您没事儿吧?家里人都跑出来了吗?"刘干事,这个不到30岁的硬汉子,朝挤压在废墟中的丰承渤重重地点了点头,说

十六、承渤之死

了一句："都出来了，小丰，你就放心吧！"扭过头，两行热泪涌出眼眶！

救援初期，整个唐山市没有一台可用的起重设备和吊车，人们面对压在身上的水泥预制板束手无策。医院里的人们一边用手和镐清理丰承渤周围的杂物，一边派年轻的战友陪着安慰困境中的丰承渤。

"能不能考虑截肢啊？"见没有啥救助的好办法，有人提出这样的建议。"不行，在这样的环境下实施截肢手术，无法有效止血，恐怕手术中人就没命了。"一位外科医生说道。这样的对话，不知身陷困境的年轻的丰承渤听到没有，她只是努力装出微笑的样子："对不起大家……你们都为我操心……真的……不好意思。"

丰承渤是妇产科的卫生员，那年刚满21岁。本来，地震时，她正值夜班下班，洗完澡刚要躺下，感觉地震后，她的第一反应是赶快去协助病号撤离病房……当她急急忙忙、跌跌撞撞跑到二楼病房时，被坠落的水泥板和倒落的钢床死死地卡住了。

丰承渤是个爱美的姑娘。在那个年代，她的一些举动在全院有点儿"鹤立鸡群"：每次洗脸她都要用香皂、抹油儿，天天爱把额前的头发做成好看的刘海，衣服从上到下啥时候都是平平展展的，没有一个褶儿……她爱音乐、懂得识谱，她爱唱爱跳，爱抄写和背诵唐诗宋词，还爱打篮球。她走到哪里都能给人们带来欢乐。

此时，挤压在废墟中的丰承渤，蓬松着一头黑发——那是地震的前一天晚上刚刚洗过的，她的脸由白变黄，由黄变黑，眼睛也开始一会儿闭上，一会儿睁开，像是在进入梦幻一般。

她是梦到自己心仪的那位空军飞行员兴建平了吗？她是在他住院期间认识他的。丰承渤在一次医院举行的体育运动会上结识了这位年轻的飞行员，便在工作之余经常照料他，给他推荐一些好看

的书籍，两个人互有好感。那次，一整天，兴建平没有见到丰护士，一打听，说是患感冒休息了。兴建平就买了一大兜儿水果，辗转找到护士宿舍去看丰承渤，两个人的心贴在了一起。有了这层关系，她第一个告诉的人就是医院最要好的战友田月霞。那是1976年初，田月霞要退伍离队时，丰承渤给她说出了心底的秘密。没想到，田月霞听完，上来就打了丰承渤一巴掌："傻丫头，医院里本来就对你平时爱臭美有看法，你还往枪口上撞！""我就是喜欢他嘛！"丰承渤委屈地说。"喜欢也不行！这要误大事的。告诉我，你们之间发生什么事儿了吗？"田月霞问。"没有，绝对没有。"丰承渤涨红着脸辩解。就在丰承渤遇难后，已退伍回到天津的田月霞那个后悔呀！她说："其实，那个时候，所谓的亲热无非也就是亲吻、拥抱一下。可我一想到，小丰还要入党，还要进步，很是为她担心……嗨，我好糊涂啊！"

　　丰承渤可能不知道，此时正在北京通州执行跳伞任务的兴建平，已被紧急抽调回唐山飞机场，他们要在最短的时间内，将飞机场上停放着的所有军用飞机全部转移出去，以腾出地方满足抗震救灾运送人员和物资的需要。一想到震中心的丰承渤生死未卜，兴建平心似刀绞，他多么想此时赶到255医院去看看丰承渤，去帮助她共克时艰。当他执行完飞机转移任务、在遵化待命休整时，就向领导提出要请假回唐山一趟，领导要求他顾全大局，服从工作需要，说啥也不允许请假。他只能站在遵化城外的高山上，向着唐山方向眺望、祈祷。

　　她是梦到又回到家里，见到了爸爸妈妈了吧？就在1976年的6月，她因身体有恙曾经回家休养过一段时间。她的父亲是一位参加过抗日战争和解放战争的老革命，长期负责部队的后勤保障，一贯表现得大公无私、廉洁自律。大军南下时，在一座破庙里，丰承渤的大姐出生了。破庙里气温极低，风雨透过破旧的庙

十六、承渤之死

门吹拂着身体虚弱的产妇。有人提议要给妈妈增盖一个毛毯，负责后勤的爸爸坚决不同意，说那是公家的物品不能多占，顺手脱下自己的棉衣给妈妈盖上……这次，丰承渤在家里只住了半个月后，年迈的爸爸就催她赶快回部队，说年轻人身体多锻炼锻炼就好了，别耽误部队上的工作。就这样，丰承渤中断休养提前回到了医院。

丰承渤遗照

她是梦到自己又回到分部的汇演场地、医院的俱乐部里、图书室内、篮球场上了吧？在那里，她可以在知识的海洋里遨游，她可以随着激越舒展的旋律畅想，她可以伸展自己的腰肢尽情地欢乐，可以绽放着青春的美丽……

此时的丰承渤已经走到了生命的尽头，已经无缘那些美好的人生梦想了！她是在她的领导和战友们束手无策、无能为力的关切中渐渐丧失生命的。她渴，但无处找到水，不知是谁找到一瓶水果罐头，打开后，一勺一勺喂她喝那果汁儿。一会儿，人们又不知从哪里找来一块西瓜，一小块一小块儿地递给她吃……突然，人们发现，她的脸完全变成暗黑色了，嘴唇嚅动着像是要说什么。护士张敏凑近丰承渤，一个劲儿地呼喊："渤儿姐，你要坚持，一定要坚持！"蓦地，张敏看懂了丰承渤的示意和想法：她是要张敏给她梳理一下头发，她要整整齐齐地离开这个世界！

丰承渤弓着身子，仰着脸儿，用异常镇静的目光，看着自己的战友、护士张敏用纤细的手指为她梳头。似乎没有痛苦，没有无奈，也没有牵挂。

一个爱美的花季女兵，在众多地震后幸存的人们的注视下，默默离开了这个世界……

十七、惠婷遇难

1976年7月26日,因腿部受伤正在天津住院的某部连长马晓明,给在驻唐山255医院五官科工作的未婚妻惠婷打电话,告诉她自己的手术做得很成功,再休养几天就要出院了,约她如方便来天津见个面。

惠婷,23岁,是255医院五官科的年轻眼科医生,接到未婚夫马晓明的电话,她激动得心跳有些加快,她是多么想见自己的心上人一面哪!但当时科里刚接收一位唐山开滦煤矿需做眼睛异物切除术的老工人,实在离不开。惠婷在电话里说:"明,过几天,就是八一建军节了,咱们利用那个假期再见面吧!"马晓明回话说:"好!一言为定,我在这里等你!"

可谁能想到,横在这个约定面前的,竟是一场毁灭性的大地震灾难。

7月27日晚饭,255医院的食堂里,主食是玉米面窝头和发糕、小米粥,刚从大沙河劳动归来的惠婷,一见到这"老三样"的伙食就有点发腻,没吃多少就去洗涮碗筷了,然后就敲着碗筷,穿过一片小树林,回自己的宿舍。

同科的一位护士见惠婷情绪不高,从对面摇晃着走来,就

十七、惠婷遇难

问:"怎么?今天不在护士长宿舍睡了?"惠婷说道:"护士长家姐夫来信了,说今天晚上来队,我得给她们腾地方!"说完,又敲着碗筷径直上了护士宿舍的三楼。

凌晨大地震发生后,护士长住的一楼侥幸垮塌得不那么严重,里面的人都没有砸死砸伤。而惠婷她们住的三楼,垮塌得很严重,扒了两天两夜才找到惠婷的遗体。

惠婷的遗体开始就埋在地震前一天她们劳动过的大沙河的沙滩上,后来又统一转移埋到飞机场附近的一片空地里。一块长条木牌上写着:"惠婷同志之墓"。

惠婷遗照

惠婷长得眉清目秀,天资聪颖,说话办事不紧不慢的,心里有数。她是因为各方面表现优秀,1972年经255医院推荐上的军医大学,毕业后本来可以留在北京的军队医院。但她的父母——一对从延安走过来的老革命对她说,医院党委和领导既然推荐你上了大学,你现在毕业了,理应回报组织和领导的关怀培养,回原单位在基层好好锻炼。惠婷从小就听爸爸妈妈的话,她也特别热爱眼科的工作,觉得眼睛是心灵的窗户,一辈子工作在为人播撒光明的事业上,该有多么光荣!于是,她就打起背包,愉快地回到255医院,成为五官科年轻的眼科医生。

五官科有一位姓任的主任医师,是闻名全军的眼科专家,他特别喜欢惠婷这位聪颖好学的后生,愿意收她为徒,说是争取用两年时间把惠婷带出来,力争使其成为能够独当一面的优秀眼科医生。惠婷学习工作很努力,一有空闲,就看书学习。有战友问她:"你怎么那么坐得住呀?"惠婷说:"知识的世界能够让人宁静,学进去、看进去,自然就坐得住。把那些感兴趣、受教益

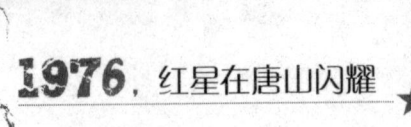

的观点和语言记录下来,坚持下去,就有收获和提高。"

马晓明清楚地记得,他和惠婷随各自的父母借回陕西探家的时机,一起去了趟延安,那三天,是这对恋人的幸福时刻。他们徜徉在革命圣地的黄土地上,一起仰望宝塔山,一起拜谒杨家岭,听爸爸妈妈讲述抗日战争艰苦岁月的故事。马晓明发现惠婷心细手巧,特别会体贴人。从延安回来,他就自愿与惠婷定下终身,惠婷也决心将一生托付给晓明,两位年轻人一起信心满满地憧憬着未来的幸福生活。但由于各自忙着自己的工作,加上部队纪律要求严格,两个人聚少离多,很少能见上一面。

大地震发生后,当马晓明得知惠婷遇难的消息,真如晴天霹雳,一下子感觉像掉进了万丈深渊。惠婷,我们不是约定好要在八一建军节假日相会天津吗?你怎么就这么忍心,匆匆地永远离我而去?

年轻军官马晓明的心中,从此留下一生永远的痛。

唐山飞机场周围的坟茔越来越多,根据唐山抗震救灾指挥部的统一安排,为防止发生震后瘟疫,需要将尸体挖出来,重新火化妥善安放。

惠婷的姐姐知道这个消息后,连夜从北京赶赴唐山,她要亲自送妹妹一程。当姐姐赶到机场那片坟茔时,惠婷的遗体已被装上了解放牌卡车,正行驶在通往唐山市区的路上。姐姐掉转车头,拼命地追赶汽车,边追边喊:"惠婷!我的好妹妹,你等一等,姐姐看你来了!"

汽车破例停下来了。姐姐从车上众多尸体中认出了妹妹:门牙边上那颗好看的小虎牙儿。姐姐一直陪妹妹火化完毕,她哭着把那颗小虎牙拣出来,放在骨灰的最上边,双手捧起骨灰盒,向存放众多骨灰的灵堂走去……

十七、惠婷遇难

一口气写完255医院地震中遇难的这四位女兵中的最后一位——惠婷，我的胸口仍像堵着一面厚厚的墙。这几天，因了这份写作，就连我夜里的睡眠也受到影响，一闭上眼睛，那场毁灭性的大灾难就好像仍在眼前，一个个曾出现在我笔下的遇难者鲜活的形象也在与我对视、交谈，她们一个个在向我诉说着心中的喜怒哀乐、恩仇别离……

甄颖影、阮一江、丰承渤、惠婷，瞬间都定格在20岁出头的年华！她们的出生年月与我相当，但兵龄比我都长好多，她们应该是我的老战友、老班长、老大姐；她们都是那样美丽善良、聪颖好学、多才多艺；她们都是那样热爱生活、珍爱家庭、忠诚事业；她们都还没有品尝到爱情的甘甜，都还没有真正成家立业，人生丰富多彩的生活才刚刚开始……她们本来都有一个光辉灿烂的明天。然而，一场突如其来的大地震，猝不及防地终止了她们年轻的生命，青春在那场灾难中夭折，所有的理想夙愿，所有的爱好向往，所有的约定承诺，所有的情愫情缘，统统化为泡影，化为乌有。

255医院65位花季女兵，还有唐山大地震中死难的24万多同胞，她们、他们的突然离去，似流星，深深地划过我们的心田，留下这绵绵不断的思念。

逝者永生！追思无限！惟有活着的人珍惜拥有的一切，知足、知福、知责、知进，才是对生活应有的态度，才是对生命真正的尊重，也是对逝者最好的祭奠。

耳畔响起一首歌儿，唱出此刻我的心情——

　　人生一世不容易，
　　一程风来一程雨，
　　一场悲来一场喜。

 1976，红星在唐山闪耀 ★

几番潮落潮又起，
几番坎坷和崎岖，
多少缘来缘又去，
多少爱恨和别离。
酸甜苦辣放心底，
韶华易老光阴去，
岁月匆匆需珍惜……

十八、难忘十月

唐山抗震救灾一个多月以后，也就是1976年9月9日中午时分，我们连队突然接到通知，上级命令部队立即进入战备状态，打好背包，车辆待命。从下午3点开始，中央人民广播电台开始预告：各位听众，本台今天下午4点有重要广播，请注意收听。那些年已经形成了习惯做法，凡国内外发生大事的消息，都是先由中央人民广播电台首发。今天广播电台预报的密度明显加大，世界和中国究竟发生了什么大事？我们不得而知，只是纷纷从任务点上往连队驻地赶。

我们班还没有赶到连队，就听街头巷尾响起中央人民广播电台著名播音员夏青，用特别庄重、极其沉痛的声音播送中共中央、全国人大、国务院、中央军委《告全党全军全国各族人民书》，向全世界宣告：中国共产党、中国人民解放军、中华人民共和国的主要缔造者，中国人民的伟大领袖，国际无产阶级和被压迫民族、被压迫人民的伟大导师毛泽东主席，于1976年9月9日零时10分在北京逝世。之后，整个唐山上空哀乐低回，悲音缭绕，顿时早秋也显示出几丝凉意，与满目的废墟、倒塌的楼房、遍地的防震棚相映衬，更有几分凄凉之感。毛主席不在了？

这是真的吗？人们都不相信自己的耳朵，怎么会呢？我们一进灾区，救人的时候喊的是："老乡！毛主席派我们救你来啦！你听到没有？……"被救出的百姓，只要有一丝气力，喊出的第一句话都是："毛主席万岁！共产党万岁！解放军万岁！"中央慰问团来了，都要说："我们代表毛主席、党中央来看你们！"连队多少次在随机教育中都讲："毛主席十分关心唐山地震灾区的人民和执行抗震救灾任务部队官兵……"怎么，毛主席这会儿突然走了？永远地走了！对于我们这一代从"文革"中走过来的人来说，甚至从思想上觉得毛主席不会死，永远会活着，我们是喊着"毛主席万岁万岁万万岁"长大的，我们从没有想过中国还有没有毛主席的那一天。当时这个打击引起的震动，不亚于唐山7.8级大地震！

周围的人们当时全是一脸惊愕，神经受到巨大刺激，不少人互相傻傻地看着，有的士兵失声痛哭，有的发出哽咽声，有的抽泣不止……最难接受这一现实的还有唐山地震灾区的广大人民群众。想想也是，他们刚刚经历过一场突如其来的罕见大地震的浩劫，刚经历过亲人分离、家园被毁的悲伤，现在心目中最为崇敬、感情上最为亲近的伟大领袖又逝世，好像触碰到心中最柔软、最悲痛的那个部位，每个人心里就像一直有一个悲伤的巨大库存，这时一下子打开了闸门，眼泪止不住地流，满城皆可闻痛哭声。我亲眼看到百姓们一群一伙地围在一起，摆上一张毛主席像，采来树枝花朵，扎成花环花篮，失声痛哭。不少的居委会、企事业单位、学校摆起了灵堂，供人们吊唁、祭拜。我们连队参加了唐山军民沉痛悼念伟大领袖毛泽东逝世追悼大会，集体收听收看北京隆重举行的追悼大会的实况。站在队列里，我悲痛至极。从我小时候，父亲就常对我说，咱们这个家，有今天的幸福生活，全靠毛主席、共产党，到什么时候，也不能忘记毛主席、

十八、难忘十月

共产党的恩情！这话我一直牢记在心。刚在震区加入了党组织，正准备跟着毛主席继续干革命、搞建设呢！现在，毛主席逝世了，我今后的道路怎么走？又应该怎么做，一时也好像找不到方向了。

1976年的10月，北京发生了重大事件。"四人帮"王洪文、张春桥、江青、姚文元被打倒。我们作为部队普通一兵，自从进入灾区，上级一直要求我们"批邓、反击右倾翻案风"，所谓"以批邓，促抗震"。其实，大家确实搞不清这"批邓"与"抗震"之间有什么必然联系；连队也搞过几次"批邓、反击右倾翻案风"的大批判会，但大家也都是例行公事，真的没有批得起来，基本上都开成圆满完成抗震救灾任务的表决心会。当时，中国还没有解决温饱问题，邓小平恢复工作后，始终抓住生产力这个"牛鼻子"不放，他号召千方百计要把国民经济搞上去，应该是代表广大人民群众的呼声。经历了十年内乱，人们普遍厌倦无休止的"阶级斗争"，迫切希望把生产搞上去，对内提高人民生活水平，对外体现社会主义制度的优越性。日子不富裕，其他一切都无从谈起。可就是这样一个正确的主张，也要受到来自方方面面的干扰。1973年，正是邓小平主持国务院工作时期，倡导尊师重教，要求教育上质量、上水平，培养社会主义现代化建设的有用人才。也就是在那一年，我们考初中，首次实行全县统考，我的作文在全乡取得第一名的成绩。我二哥以优异成绩考入位于深县王家井的衡水地区机电学校，属于中等技术学校。全家人欣喜若狂。我还专门坐火车去学校看过他，那可能是我第一次坐火车，只是从老家青兰车站上车，兜里并没有带多少钱，也就没有买火车票，在车上和下车时幸好也没人盯着我这样一个中学生，一直没有人查我的车票。就这样分文未花，高高兴兴到二哥学校走了一遭。至今回想起来还是美滋滋的。邓小平号召搞好经济建

1976，红星在唐山闪耀

设，提高人民生活水平，究竟错在哪里，对于当时我这样的年轻人来说，着实是件想不明白的难事。

粉碎"四人帮"，要把他们颠倒的历史颠倒过来！在唐山，这个消息更是振奋人心！可以不用天天搞什么"批邓、反击右倾翻案风"了，一心一意抗震救灾，为恢复生产，搞好国民经济，建设一个社会主义新唐山而奋斗。抗震救灾部队和地方机关、企事业单位都要组织人员上街游行庆祝胜利。而且唐山当时每一个行动都在全国人民的关注之中。我们的游行队伍颇为壮观。前边是百十号人的旗手队，我就是旗手之一。也许是个子高的缘故，我被安排在前边旗手的位置，高举着红旗，始终以正步的姿势走过唐山的主要街区，街道两旁都是喜庆的人群。广播喇叭里播放着欢快的歌曲，在那个红旗招展的队伍中，我始终迈着坚定有力的步伐，向着前方迈进。

1976年10月6日这一天，听到"四人帮"被粉碎的消息，举国上下一片欢腾。各行各业的群众敲锣打鼓，载歌载舞，扭起秧歌，舞起彩旗，情不自禁地要去游行、去狂欢。各单位食堂不约而同地备下喜宴美酒，形成"八亿神州举金杯"的感人场面。我在唐山抗震救灾战场，经历和见证了这段不平凡的时光，给我留下了深刻而难以磨灭的印象。

十九、烈火丹心

北京军区参与指挥唐山抗震救灾的是万海峰、迟浩田、郑希文等几位高级将领，当年带领38军奔赴灾区的首长是时任副军长裴飞正和副政委苗敬芬，他们是1976年7月28日10时20分，从保定军部出发，率领驻高碑店一带112师部队先头奔赴唐山，于当日22时30分抵达地震灾区。当时38军共有112、113、114师三个师、16个团，共20204人，各种车辆1784台，投入抗震救灾的战斗，主要担负了唐山新华路以南、陡河以西及丰南县的抗震救灾任务，初期还担负陡河电厂、地委、专署、地商招待所、飞机场等处的救灾和看管、装卸物资任务；之后归建38集团军的炮六师的两个团和装甲六师医疗救护队，也参加了唐山抗震救灾。

裴飞正副军长是山西平遥人，出身贫苦，9岁时父母双亡。他1937年入伍，曾在八路军115师部队服役，先后参加过抗日战争、解放战争和抗美援朝，曾被授予山东二级战斗英雄。当过337团"钢八连"连长。在38军历史上几次著名的战役战斗，诸如四平保卫战、天津战役、渡江战役、打出"飞虎"和"万岁军"英名的三所里穿插战等战役战斗中，都有极其出色的表现。反映抗美援朝的电影《奇袭》中炸毁武陵桥的战士原型就是裴

副军长,当时是梁兴初军长点的名让裴飞正上的。20世纪70年代初任副军长。裴副军长高高的个子,四方大脸,眼睛很大,也很有神,皮肤稍显黑些,爱倒背着手走路。当时官兵们反映最爱听裴副军长讲话。他讲话爱训干部,且不乏风趣幽默,说:"部队里没有刁兵,只有刁干部!只有带不好的干部,没有带不好的兵。子不教,父之过;兵不教,官之过。"他最关心连队伙食问题,说:"有的司务长,天天不琢磨正事儿,好好的米饭要做成夹生的,那菜也洗不干净,里面吃出的石头能砸死人!就知道宰了猪,给连长指导员家属送好肉和猪下水。这样的司务长,不是心黑了就是下水坏了,安排他去喂猪那猪脊背也会变成刀子的……"每次听他作完报告,战士们都是喜笑颜开地走出礼堂。

据裴飞正副军长回忆,38军是当日清晨5点50分,接到北京军区下达的"部队要做好抢险救灾准备"预先号令的,5点55分,军区又来紧急通知,要求112师作为军区抢险救灾部队,立即做好各项准备工作。接到通知后,军领导立即进行研究部署,同时命令112师迅速收拢部队,做好出发准备。紧接着,又召开电话会议向各师进行传达部署。并给在野外驻训演习部队下发紧急通知,要求他们立即停止演训活动,做好执行抢险救灾任务准备。8点40分,再次接到军区关于"命令112师两个团迅速向唐山机动,其余部队继续做好救灾准备"的通知,当即指派时任副军长郝士忠、副政委陈培民赶赴112师,现场指导该师前出执行救灾任务。在当年裴飞正副军长留下的一页日记上,我看到这位身经百战的老将军用钢笔,在这页纸的左上角写着大大的一行字:"滴水贵于油。1976年7月28日。"

时任军副政委苗敬芬,江苏沛县人,听口音说话像是山东人。他曾任解放军总医院副政委,20世纪80年代初的1982年6月至1984年9月曾任38军政委。约是在1982年左右,苗政委曾随时任国

十九、烈火丹心

防部长耿飚、总政治部副主任梁必业出访朝鲜,干部处安排我陪首长前往首都北京送行,我记得当时我们提前两天到的北京,住在总政西直门宾馆,著名作家刘白羽还专门来宾馆看望首长,听苗政委说,他和刘白羽是在朝鲜战场上认识的。出访那天,我一直把首长送到西郊机场,身材高大的耿飚部长站在飞机舷梯上向我们送行的人招手致意后,飞机腾空而起,向着东北方飞去。

据有关资料记载,1976年7月28日上午10时20分,军前卫团出发,再往后,全军部队依次启程。38军,这支英雄部队如钢铁巨龙,车轮滚滚掠过华北平原,几千台车辆发出的轰响,震动着夏日的原野。下午4时,队伍行驶到蓟运河边,铁流似飞泻的激流戛然而止。部队前进受阻!地震已将芦台大桥拦腰震断。只见混凝土桥

地震灾区的断桥

板从中间断裂,跌落在湍湍激流中,河面波涛翻滚,浪花飞溅,如同指挥员此时焦灼的心。副军长裴飞正和副政委苗敬芬从指挥车上走下来,一边让参谋人员迅速察看有没有新的迂回路线,一边在公路边上焦急地走来走去,汗水湿透了他们的衣衫。时间在一分一秒地过去。突然,从侧面一个岔道上有零散车辆开过来,两位首长一同迎上去:"同志,你们从哪里开过来的?前边情况怎么样?"司机见到这么多的军车和解放军官兵,眼泪唰地流下来了:"我们是从唐山下来运送伤员的,唐山都给震平啦!那里

的人们都在盼着解放军呢!"哦,这么说,玉田大桥还能通过,裴苗首长眼睛一亮,立即发出命令:部队立即绕道玉田,经丰润向唐山开进,在确保安全的情况下,快速开进!铁流又轰鸣起来,38军部队比军区规定时间提前数个小时到达唐山地震灾区。

当年指挥唐山抗震救灾的裴飞正、苗敬芬老首长已于十年前相继离开我们。他们在这次特大天灾面前的特殊经历,也随之成为尘封的历史。在那段异常艰苦的日子里,军指挥部的首长与部队一样,忍饥挨饿,每天经受着生命极限的挑战。在地震当天的日记里,裴飞正副军长写道:"唐山地震后没有饮用水。今天知道水的重要了,没有饭吃在短时间内还可以克服,没有睡觉时间在短时间内也可以坚持,没有水真困难。滴水贵于油!"在地震第二天的29日,他在日记中又写道:"唐山地震情况严重,破坏房屋基本达到100%,伤亡严重,死亡率高,主要原因是没有预报,下半夜都睡了,地震级别高。今天还是没有水喝,没有饭吃,艰苦的两天!"一次,裴副军长到抢险救援现场视察,发现官兵们自从进入灾区后,就一直忙于争分夺秒地救人、处理死尸,那时候提出一个口号:"早上4点半,中午不吃饭,晚上挑着灯笼接着干!"身上的汗水湿了干、干了又湿,加上天气潮热难耐,一个个身上那的确良布料军衣都结了汗碱,就像特制的地图一样,全身都是白圈圈,穿起来又沉又硬,有点像古时军队的盔甲服。裴副军长见到这种场景,冲着在现场指挥救援的干部,大声吼道:"都什么时候了,还讲究什么军人风纪?!都给我脱了!"从那天开始,部队官兵才可以穿着背心和短裤上阵。

38军部队历来有突击力,有战斗力,善打大仗、恶仗、险仗,愈挫愈奋,愈战愈勇,是这个部队的优良传统。正如由作家、诗人刘炽作词的《38军军歌》开头所唱的那样:"钢铁的部队,钢铁的英雄,钢铁的意志,钢铁的心!"在唐山大地震

十九、烈火丹心

救援中，全军官兵以"宁肯自己倒下，也要让灾区亲人站起来"的忘我精神，顶着余震，冒着中毒、中暑的危险，不怕累、不怕脏、不怕疲劳、不怕臭气熏，废寝忘食，夜以继日，投入抢险救援。有的战士累得实在顶不住了，就倒在废墟边上睡一会儿，醒过来一看，原来自己枕着一具尸体睡着了。全军在地震后，共救出有生命迹象的303人，其中包括46岁的妇女卢桂兰，是在地震后第13天抢救出来的。治疗伤员370175人次，转运伤员35876人，挖出尸体35120具，掩埋尸体56892具。利用各种工具为群众送水75734吨，挖掘大小仓库327个，抢救和清理出大批现金、粮食、医药、百货、机械、化工产品等，价值7.5亿元。为灾区群众搭建防雨防震棚25719间，军民共建过冬房237347间，建立商场、学校、剧场、办公室等公用房101776平方米，清理街道百余条，运出砖石瓦砾326366立方米；并帮助上百家企事业单位和街道恢复建立群众组织，协助恢复生产。

38军副军长裴飞正当年的抗震救灾日记

在唐山抗震救灾中，38军党委专门作出《在抗震救灾中深入开展拥政爱民活动的决定》，时时处处注意维护军政军民团结，严肃群众纪律，号召官兵人人为灾区人民做好事、办实事。涌现出许多模范遵守群众纪律的人和事，与地震灾区群众结下深厚的军民鱼水情，严厉处理个别违反群众纪律的人和事。当时灾区流传着这样一句百姓的话："解放军做的好事，像天上的星星，看得见、数不清。"

在我的公众号上读到我写的回忆唐山抗震救灾的连载文章

后，失联多年的老班长王永常终于和我联系上了。他在微信里，给我发起语音聊天，一口气给我讲了近一个小时，还是当年那个拉着长音好听的唐山话，还是当年那个逻辑性强、颇有见地的磁性声音。他给我讲的"一把夹锤的故事"给我留下深刻印象。说的是我们连队回到清风店营区，在清理劳动工具时，发现多出一把夹锤，就是那种一头是平面，可以用来钉东西，当锤子用；另一头有两个长角，可以当夹子用，用来拔东西。大家看到这把夹锤顿时想起来了：这可能是在最后给地区革委会办公室盖过冬房时借用后遗留下来的，当时夹在其他工具里没有发现。这可怎么办？此事报到连部后，连长侯传义、指导员耿仁虎当即决定，立即想办法送还这把夹锤。当时还没有快递这项业务，他们就想出一个办法，一班长王永常家是玉田的，唐山抗震救灾期间，他几次路过家门而不入，现在救灾结束了，也该让他正式休假回家探亲了，顺便让他把这把夹锤给地区革委会办公室送还回去。

王永常班长接受任务后，作为连队的老兵，他自然知道这件事儿的重要。我们连队在革命战争年代，是天津战役"打得好、团结好、纪律好"三好连队，有着拥政爱民优良传统，这是连队一张值得珍惜的名片。连队的光荣匾不能让这把夹锤给砸了。他回到玉田老家后，与父母简单寒暄几句，连脚也未停，就找了一辆自行车，顶着凛冽寒风，骑了一百多里地，将夹锤送到地区革委会办公室负责同志的手里，感动得地方的同志一个劲儿地说："解放军真是秋毫无犯，文明之师啊！"

这次与一班长王永常联系上，我也鼓足勇气，问了多年来想问他的一个问题："班长，唐山大地震中，你们家有什么损失吗？"一班长王永常告诉我，当时他家的房子都倒了，母亲的头部被砸伤，还有侄子也被砸伤了。一直到1976年底，父亲才自己拾掇着把几间房子重新盖起来。

二十、肖大将军

北京军区副司令员肖选进是来自安徽金寨"将军县"的著名将领，又是北京军区参与指挥唐山抗震救灾的主要军事指挥员。20世纪90年代初，我第一次到军区政治部工作时，了解到肖选进将军是1931年参加红军的老革命，曾服役于红25军，参加过南方三年游击战争，后编入新四军第四支队。战争年代，他曾从营长被直接提拔为团长，团队宣布团长任命时，他腾地从座椅上站起来，说："报告！请问首长是不是把名字搞错了？我现在还是营长！"宣布命令的首长大声说："没有搞错，就是你这个营长，被任命为团长啦！"会场响起一阵热烈掌声和笑声……后又任过师参谋长、师长，24军军长。

2011年肖选进将军逝世时，我任北京卫戍区政治部主任，还到他家去吊唁过。之后我于2012年底第二次到军区政治部工作，担任政治部副主任，每年春节都要代表军区去看望慰问肖选进老首长的遗孀和家人。

从肖选进将军留下的回忆文章中，我了解到：1976年7月27日，时任北京军区副司令员的肖选进正在担任军区首长值班，28日凌晨1时多才回到办公室休息。刚刚熟睡中的他突然被剧

1976，红星在唐山闪耀

烈的摇晃惊醒，感觉整个大楼几乎要被晃倒。他当时就意识到是地震，迅速起身赶到军区作战值班室，命令作战值班员立即查明军区范围内承德、张家口、大同、呼和浩特、太原、临汾、石家庄、保定和天津等地的震情，并尽快与国家地震部门取得联系。各地的震情很快搜集上来。根据情况分析，当时肖副司令员判断，津唐方向震情严重，地震很可能发生在河北东部地区。肖副司令员当即派军区司令部作战部朱金台科长带领一个侦察组乘车前往通县（今北京通州区）、三河县（今廊坊三河市）、蓟县（今天津蓟州区）一带勘察震情。随后，将当时了解到的情况迅速向总参谋部作了汇报。刚安排完这些事情，凌晨4时20分许，时任北京军区司令员陈锡联打电话询问震情。听了肖副司令员的汇报后，陈司令员说："这次地震不同于海城地震，震灾严重，可能是毁灭性的！军区机关和部队要立即收拢人员，迅速做好抗震救灾的各项准备。军区要尽快成立抗震救灾指挥部，军区领导要有人去，就由你去负责领导前指，统一指挥抗震救灾工作，进一步判明情况后立即出发。"

被大地震严重损毁的京山线铁路

这时，作战值班室陆续接到电话：天津地区震感强烈，有零星房屋倒塌和人员伤亡。一直到现在，唯有河北省的唐山市通信中断，军地电话都打不通，说明唐山受灾最为严重。据此，军区首长判断地震中心极有可能在唐山一带。肖副司令员立即派

二十、肖大将军

军区时任副参谋长李民携带无线电台，迅速乘直升机先赴唐山勘察震情。清晨6时左右，北京军区唐山机务站向军区报告：唐山发生强烈地震，房屋倒塌，人都被埋在废墟里，情况万分危急！之后，前去侦察的李民副参谋长也报告：唐山发生强烈地震，市区建筑几乎全部倒塌，灾情非常严重！必须火速组织力量救援！肖选进副司令员迅速将最新情况向军区陈锡联司令员和秦基伟政委报告。陈司令员和秦政委指示军区各兵种部队和38军部队参加抗震救灾，24军和66军部队在自救的基础上，迅速投入驻地抗震救灾。并安排肖副司令员尽快赶赴唐山灾区，组建军区前指，统一指挥唐山抗震救灾。在按照军区陈司令员和秦政委的指示，给各部队下达命令的同时，军区前指机关和直属分队官兵已经集合完毕，即刻乘车奔赴唐山。肖副司令员和万海峰、迟浩田副政委，军区政治部郑希文副主任、后勤部林洁副部长等首长，从军区大院出发，乘车赶赴空军沙河机场，准备乘直升机飞往唐山。

上午9时许，肖副司令员一行到达沙河机场后得知，虽有飞机待命但没有军委命令不能起飞。有关部门已安排在空军南苑机场与地方领导一同登机，飞往唐山。当时的北京，不像现在这样有四通八达的环线高速路，从沙河到南苑，一个市北一个市南，要走很长时间。临近中午时，他们终于到达南苑机场。见到河北省委第一书记刘子厚、省军区司令员马辉、省委副书记马力、省军区副政委谷奇峰、国家煤炭部部长肖寒等人也刚刚赶到。一行人即刻乘坐安-24飞机，向唐山方向飞去。此时，空军唐山机场的导航塔已被震毁，飞机在原始的地面旗语引导下安全降落。肖选进副司令员和其他军区首长决定，军区抗震救灾指挥部就设在这个机场。万副政委带人前往市区查看灾情，肖副司令员负责指挥部安家、分组和筹划救灾部队到达灾区后的任务区分等事项。

红星在唐山闪耀

当日18时42分，唐山又发生了一次7.1级强烈余震，脚下的大地剧烈颤动，发出雷鸣兽吼般的巨响，街上行人都站不稳，有的被晃倒在地上。强余震使那些已经被震裂而尚未倒塌的建筑物纷纷倒塌，已经倒塌的建筑物叠压得更加密实，严重威胁着被埋压群众的生命，也增加了遇险群众和救援人员的伤亡系数，抢险任务更加危急而又紧迫。余震过后，肖副司令员又接到上级通知，沈阳军区派来5个师另1个团，由38军统一指挥，总体上接受唐山抗震救灾指挥部指挥，需做好接应工作。于是，肖副司令员又安排指挥部的同志一面迅速调整部队救援部署，一面亲自带人前去接应沈阳军区部队。待他们接应完毕，并指导救灾部队抓紧救援，返回机场时，已是第二天凌晨3点。此时机场一派忙碌景象：各型飞机穿梭般地起落，不时有伤病员从市区方向运来……肖副司令员这才想起，从28日一早从军部出发，已是一整天水米未进了，只觉得口干舌燥，眼冒金花，嗓音嘶哑，肚子也开始咕咕叫起来。他接过参谋人员递过来的水，一扬脖儿就喝了下去。那位参谋问："首长，这水味道怎么样？"肖选进说："挺好啊！还想喝点儿！"参谋说："这是游泳池里的水，这水也不多了，是刚刚撇出来的，现在也快喝不上啦！"肖选进这才一咂巴嘴：是啊！好浓的一股漂白粉味儿……

救灾部队全部到达后，按照前指部署计划有序展开。本着先抢救活人，再挖掘、处理尸体，抢救物资、保障生活的思路，紧张投入救援行动。各部队都成立了侦察组，安排在夜晚夜深人静的时候，屏息静听废墟里的声音，小心敲击倾听下面的回音，一有动静，部队立即出动，奋力挖掘。有时为了救活一个人，要把倒塌的整座楼翻个底朝天。经过救灾部队日夜苦战，从塌房残楼下救出16000多名遇险群众。从保定和辽阳等地赶来的野战军部队，不畏艰险，连续奋战，克服了常人难以想象的困难，救出不

二十、肖大将军

少被埋压的群众。尤其是军区基建工程兵部队，因熟悉建筑工程结构，有较好的机械设备和起吊经验，在抢险救灾中发挥了很好的作用。在那些日子里，肖副司令员，万、迟副政委和李副参谋长、郑副主任等首长几乎每天都要召开碰头会，研究救灾中遇到的各种问题，该上报总部和军区后指的及时报告，该通知部队执行的立即通知。首长们还经常下到救援一线部队检查指导，现场指挥救灾工作，常常通宵达旦，加之条件艰苦，风餐露宿，食物和饮水困难，几天下来，每个人的眼睛都红红的，嗓音嘶哑，面容憔悴，但大家都顾不上这些，一门心思想着抢救群众的生命，减少地震损失，脑海里似有一个声音催促着：救人要紧！救人十万火急！即便掉皮掉肉，也在所不辞。据肖选进副司令员讲，部队在十分艰苦、危险的情况下抢救群众，官兵们冒着余震，头顶烈日，攀危楼、钻险洞，加班加点，昼夜苦干，勇往直前，奋不顾身，整个救灾部队有十几名士兵献出年轻的生命，还有的为救群众身负重伤。以实际行动践行着"把生的希望让给群众，把死的危险留给自己"的诺言。这样的救灾无异于战场！

震后唐山市地方卫生、财贸机构一度瘫痪，七十多万灾民衣食住行以及就医没有着落；十多万救灾部队官兵一拥而进，投入抗震救灾，也需要保障供给。在这种情况下，后勤保障成为维系灾区的生命线。军区抗震救灾指挥部的首长预见到这一问题，及早作出科学筹划。在党中央和中央军委、总部的正确领导和全国人民的大力支援下，以最快的速度解决灾区军民无水喝、无饭吃的情况。

军区抗震救灾指挥部后勤组，在军区后勤部林洁副部长等首长的带领下，按照指挥部确定的"先受灾群众，后救灾部队"的原则，积极稳妥地安排抢救和转运伤员、抢运和分发救灾物资、供应保障救灾部队和受灾群众以及卫生防疫等各项任务。北京军

1976，红星在唐山闪耀 ★

区共有280多个医疗队、5400多名医务工作者战斗在救灾一线。当时我们在连队也完全感受到，上级机关在后勤保障上确实下了很大功夫，没有几天时间，我们就喝上了从市区以外拉来的干净水，吃上了热饭热菜。8月上旬，我们还能洗上热水澡了。洗澡用的是那种防化洗消车拉来的水，在一个院子里搭起两个帐篷，把防化洗消车的水龙头接到帐篷里，连队官兵可轮流洗澡。解决了官兵在炎热条件下生活中的大问题。过去战争年代有"打不断的钢铁运输线"之说，现在有句话说，打仗就是打后勤。看来，不管是过去还是现在，也不光是作战打仗，非战争行动特别是抢险救灾任务，后勤能否跟得上、保障好，对行动成败影响是很直接的。

肖选进将军作为红军老战士、身经百战的战将，唐山抗震救灾在他和平时期军旅生涯中也是重重的一笔。他自己讲过，一直到耄耋之年，每每回想起这段经历，还为曾经是唐山抗震救灾十万大军中的一员而倍感自豪。

二十一、特殊岗位

唐代，是中国古代最繁荣强盛的一个朝代。从唐太宗贞观之治开始，拓土开边，威震中亚、西亚及南海诸国。到了唐玄宗开元之治，国势更加繁盛，远近各国都派人前来访问，从此，海外华人对中国的一切就均以"唐"字加称：称中国人为"唐人"，中国字为"唐字"，称中国为"唐山"（大唐江山）。这种情形一直延续至今。世界许多地方华人聚居的地方，被称为"唐人街"。这是举世皆知的。

唐山，最初因"唐山"而得名，此山在唐山市路北区境内，现名大城山。唐山之名始于后唐。据《滦县志》记载："唐山周回数里，复岭重岗，其东麓则陡河索带。相传后唐时，唐姜将军斩蛟有功，葬于此。后人建庙祠之。山以唐名，实由于此。"明王朝开始在唐山编屯置村。唐山原来是一个荒僻的村落，它是伴随着煤炭资源的开发而发展起来的重工业城市。

谁也没有想到，在20世纪的1976年，唐山，这个以煤炭产业为主逐渐发展起来的百年老城，这个代表中华民族称谓的地方，竟遭遇一场毁灭性的大地震。它像一只疯狂的野兽来得那样猛烈，那样突然，那样令人猝不及防！

1976 红星在唐山闪耀

在这场大灾难面前，人类既显得极其脆弱、渺小与无助，又表现出顽强、倔强的生命力和空前的团结向上。如同一个家庭遭遇灾祸全家人同舟共济、共克时艰一样，英雄而又勤劳的中国军民在震灾面前释放的爱的能量足以让高山低头，令河海让路。

当年在唐山抗震救灾，我时时觉得就是自己的家乡、自己的同胞遇到了危难，见到地震惨状不知有多么心痛，见到失去亲人和家园的人们不知流过多少泪。能为灾区人民做点儿什么，绝不会推辞和偷懒，危险时刻需要上去也绝不会退缩。尽管一度饥渴难耐，但浑身始终有使不完的劲儿。同时也时时为我们的军队、我的战友们为灾区人民献出的爱，做出的一切而激动、感动着。

灾区是战场，考验着意志觉悟，考验着力量；也考验着人性党性、考验着道德。

如今，当我站在新唐山的地震遗址旁，似乎还能听到压在废墟里的同胞艰难的呼唤，还能听到当年失去亲人和家园的百姓们的哭声；望着唐山地震纪念墙上24万多同胞的姓名，欲哭无泪！诅咒老天的作孽和不公！我的心情始终沉浸在悲痛和沉重之中。在大量的当年抗震救灾的资料面前，这种心情也还是难以抑制，那种感动也还在继续着。

让我们来认识一位名叫栾德楚的军人吧！唐山大地震时，栾德楚时任河北省军区独立三团二营营长，他所在的二营驻在唐山市郊，担负着武装看押监狱罪犯的任务。

1976年7月28日凌晨3点42分，一阵"轰隆隆"的响声伴随着一道蓝光，把栾德楚惊醒了！他感到大地在剧烈晃动，办公桌上的钟表、暖水瓶、水杯等物什互相撞击，房屋框架发出"咔咔"的响声。不好！地震了！他一骨碌从床上爬起来，顾不上穿好衣服就想冲出屋去，急着要去检查看押目标。当时栾德楚在心里想着：部队哨楼虽小，但肩负责任重大。这里关押的1200多名

二十一、特殊岗位

犯人，万一跑出去一个，都将会给社会带来不稳定因素，威胁人民群众生命财产安全。这时，突然从监狱方向传来一阵枪响。不好，肯定有紧急情况！他心急如焚，恨不得一下子飞出门外。他用力拉门，拉不动，门已严重变形，根本打不开了。"哗啦"一声，房瓦又掉下一大片。他急中生智，转身跳上办公桌，飞起一脚，踢开窗户，纵身一跃，跳出窗外。

"哎呀！怎么没有带枪，真是添乱！"枪，是手中武器，是镇压罪犯的工具，也是战士的第二生命。没有枪，遇到复杂紧急情况怎么对付？想到这里，栾德楚又毅然钻进屋里，寻找武器。大地还在剧烈晃动，房屋还发着"吱嘎吱嘎"的响声，屋内黑洞洞的漆黑一片。屋子里的东西也因晃动移了位，腾起的尘土呛得他睁不开眼睛，呼吸极为困难。他憋着气摸摸这儿，摸摸那儿。枪，终于找到了！他用力把手枪抓到手里，再次跳出。迅速跑到隔壁五连倒塌的宿舍前，命令混乱中的战士：同志们！快跟我来！冲出去，坚守岗位，不能让一个罪犯跑掉！栾德楚带领战士们，穿过弥漫的烟尘，冲过倒塌房屋的断壁残垣，迅速占领了坚守的岗位。

天，茫茫一片，四处烟尘滚滚。栾德楚借着闪电的光亮举目四望：监狱的围墙坍了，哨楼塌了，监房倒了，电网断了！整个执勤监控设施全部被破坏，1200多名罪犯多数都不知所措，四处张望；有的也在哭喊，乱作一团。栾德楚机智果断，站在一个废墟的高处，高声下达战斗命令："七班，向西北角方向前进！""二班，朝三号哨位前进！""四班、六班，你们负责整个院落人员密集区的内部警戒！""同志们要提高警惕，坚守岗位，遇有紧急情况要及时报告，果断处置！"此时，栾营长的话，是说给战士们听的，也是说给罪犯们听的。听到喊声，罪犯们也稍微安静了些。

就在这时,栾德楚发现,在北围墙根附近,距他十几米处,有五六名罪犯正要越过倒塌的墙根,企图外逃。栾德楚一个箭步冲过去,用手枪抵着一个罪犯的脑袋,威逼道:"滚回去!再不听话,这是特殊时期,我可以直接开枪打死你!"几个罪犯抱头缩回。

这时候,天渐渐地要亮了,监狱里一个个情况报告给栾营长:

"报告营长,一班战士张中、熊文开遇难!""营长,三号哨楼倒塌,里面的哨兵到现在还没有找到!""报告营长,有几个罪犯在一起鬼鬼祟祟,像是要闹事儿……""营长,七班有三人受伤……"这一声声报告,冲击着栾德楚营长的心。他遇到历史上少有的挑战与考验。平时,监房四周壁垒森严,他每天还在监区里不停地转,发现岗楼上的哨兵精力不集中,他就过去叮嘱一番,生怕稍有闪失,造成罪犯越狱,酿成大祸,这个责任担当不起呀!现在,竟遇上如此大的天灾,使整个监区成为开放的院落,部队有伤亡,犯人在骚动。该怎么办?怎么办?此情此景,让这位营长着实有些犯难。

黎明,东方露出鱼肚白。倒塌的废墟上,栾德楚正在召集五连几位干部和劳改队从废墟里冲出来的干部们开紧急防务会议。他用低沉而有力的口气对大家说:"同志们,我们都是共产党员,这个时候是考验我们党性觉悟的时候,需要步调一致,一切行动听指挥。现在,我们和上级及友邻单位都失去联系,暂时由我担任总指挥,大家必须听我的统一号令。"他停了一会儿,又说:"地震可以破坏我们的各种设施,但征服不了我们的意志和决心,我们要不惜一切代价,守住阵地,不让一个罪犯跑掉!"然后,栾德楚又把自己的警卫方案,给大家做了部署和安排,并认真征求大家的意见,尔后就分兵把守,投入紧张的看押守护工作中。

二十一、特殊岗位

栾德楚营长1956年入伍，旧社会他家里很穷，有四位亲人都因饥饿而死。参军后，他入了党，当了干部，对共产党充满了感恩之情。在地震到来的关键时刻，他丝毫不考虑个人安危，一心扑在看押工作上。开完干部会后，他就到罪犯集聚的地方察看情况，发现罪犯中仍有骚动。他三步并作两步，快步越过断壁，站在一个倒塌的门垛上，腰杆挺得笔直，眼睛瞪得老大，向罪犯喊话说："请你们注意！灾难当前，立功者赏，犯罪者罚，闹事者当场枪毙！"罪犯们看到营长这副架势，听到这洪钟般的声音，吓得都缩着头，乖乖地排好队在那里站好。

一直到上午10点多钟，去团部送信的通信员小毕回来了。红着眼圈走到栾德楚面前，嘴唇颤动着，半天说不出话来。栾德楚一看小毕的样子，知道大事不好，嘴干舌燥、饥饿难耐的栾德楚一把抓住小毕的肩膀："快说！怎么了？"小毕再也忍不住了，眼泪唰地落了下来："营长，刚才我好不容易找到团家属院，看到嫂子她遇难……"栾德楚脑袋嗡地一下，身子不由地晃动了几下。但他马上意识到，此时自己绝不能倒下，不能以个人悲伤的情绪影响大家。他冲着小毕说道："快别说了！哭什么，要哭，一边哭去！"一位连队干部劝他说："营长，你家还有俩孩子呢！快回去看看怎么样了？这里有我们呢！"是啊！爱人不在了，孩子呢？栾德楚一阵心痛，但他更清楚，此时，这里更需要他。他坚定地对大家说："同志们！这么大的灾难，家里亲人遇难的很多。但我们的任务是看押犯人，这个任务完成不好，会给救灾和人民群众安全带来严重影响，我们无法向党和人民交代。我是共产党员，在这个关键时候决不能当逃兵。"他把悲痛深深埋在心底，又振作精神快步向各个哨位走去。当天下午，栾德楚在去团部汇报工作时，路过家门，两个孤苦伶仃的孩子从废墟上爬起来，一下子抱住了爸爸的腿："爸爸，妈妈死得很惨，你怎么才回来呀？呜……"

栾德楚见含辛茹苦一辈子的爱人，身上盖着一块破塑料布，直挺挺地躺在碎石瓦砾上，两个孩子遍体鳞伤，衣不蔽体，泪流满面。栾德楚鼻子一酸，也抽泣起来。他从废墟瓦砾中抽出两条满是灰土的棉被，挖出几个馒头，然后把两个孩子拉到怀里，一边为孩子擦泪，一边对他俩说："晚上冷了，就盖上这棉被；饿了就吃这馒头。你们就在这里等着，解放军叔叔很快就会过来的。爸爸还有更重要的任务，暂时顾不上你们……""爸爸，爸爸！你不能走啊！你走了谁管我们哪？"栾德楚抚摸着孩子的头："听话，孩子听话！解放军叔叔很快就会来救我们的！他们来了会管你们的！"

栾德楚又回到他的工作岗位上去了。一直到震后第46天，才见到在防震简易棚中的两个孩子。

在那段日子里，栾德楚和战友们吃不上饭，喝不上水，后来每天只吃一顿饭，一个月里体重下降了25斤。但这个铁打的汉子，一直坚守在自己的岗位上，带领营队圆满地完成了看押犯人任务，除有部分罪犯在震中伤亡外，其余1200多名罪犯无一逃脱。这就是在特殊岗位上一位革命军人、共产党员的风采。

唐山抗震救灾后期，栾德楚光荣地出席了在北京人民大会堂隆重举行的唐山大地震抗震救灾先进单位和模范个人表彰大会，受到党和国家领导人的亲切接见。北京军区为他记了个人一等功。

二十二、大爱惊天

对于我们生活的这个世界来说，最重要的价值观应该是"爱"，也就是爱心和爱意；最崇高的行为就是拥有爱心、施放爱意，给他人带来幸福和快乐。人类社会里所有美好的事情，几乎都是因爱而生；人类社会里所有丑陋的事情，几乎都是因无爱而起。1976年，在唐山，大地震发生后的那些天里，就有那么一群人每天都在拥有爱心、奉献爱意，用青春和热血关心帮助那些灾难中的人们。记得毛主席说过一句名言：世界上没有无缘无故的爱，也没有无缘无故的恨。是的，人民军队爱人民，这是由我军的性质与宗旨决定的。

他叫王彦修，当年是24军72师215团直属炮兵连的一位新战士，与我同年同月入伍，老家在河北省宁晋县。1976年7月28日，是王彦修生命的最后一天。头天深夜，他从军区油料集训队结业归队，在唐山火车站下了火车，正坐在车站候车室的台阶上，等待第二天一早换乘开往部队驻地的火车。

凌晨3点42分，强烈地震袭击唐山，刹那间，地动山摇，房倒屋塌。火车站内白光闪闪，地声隆隆，候车室像海浪里的一叶小舟，剧烈地摇摆晃动起来，随后巨大的车站建筑全部垮塌下

来。"地震了!"王彦修向候车室内的旅客大喊一声。话音未落,一股巨大的震波把王彦修重重地摔倒在地。"快救人!"王彦修旋即从地上爬起来,顾不上找自己的行李包,边喊边向尘烟滚滚的候车室冲过去!震垮的候车室,原来是两层楼,一下子变成了仅两米高的一片废墟。候车室左侧,倒塌的水泥板下,一名妇女痛苦地呻吟着。王彦修发现后,飞快地奔过去奋力挪开一块断了钢筋的水泥板,从缝隙里爬进去。这时在场的旅客都明白,一旦有余震,歪斜着的水泥板随时可能塌落下来,大家都为舍生忘死的解放军战士捏着一把汗。可王彦修却不顾一切,顺着缝隙继续往里爬。经过一番努力,他从犬牙交错的水泥板下救出了这位女旅客,人们感动地为他鼓掌。

这时,车站广场左侧的邮电局里又传出呼救声。王彦修边用衣服一角擦着汗,边向邮电局方向跑去,只见职工王佳富被倒塌的房屋封在一辆电瓶车底下,一根塌落的水泥梁恰好卡住他的脖子,使他钻不出来,缩不进去,那水泥梁还在随着余震越压越低,这位职工的生命危在旦夕。王彦修赶到后,迅速找来一根木杠,和另一名旅客拼命撬起水泥梁,突然,"咔嚓"一声,木杠断了!王彦修的肩膀顿时被划了一个血口子,水泥梁起而复落,眼看要砸到王佳富头上了。只见王彦修一个弯腰动作,用他受伤的肩部死死顶住就要落下的水泥梁,王佳富得救了。而王彦修肩膀上的血浸透了绿色军衣。紧接着,王彦修又返回候车室位置,继续搜寻活着的生命。他和其他人员一道,先后抢救出车站候车室民警冯庆龙和一位受伤的中年女旅客。就这样,从凌晨到清早,王彦修带着累累伤痕,忘我战斗在一片废墟上。我们的一位新战士,在没有部队组织指挥的情况下,一个人积极投身救灾战斗,其精神尤为可贵。他的十指全被砖石瓦块磨破了,鲜血淋漓,但他顾不上这些,一次次冲向危险区,一次次救出受伤的群众。

二十二、大爱惊天

当王彦修再次冲向候车室位置时,传来一个叫庞永胜的孩子的呼救声。王彦修循着声音跑过去,只见这孩子被埋在倒塌的候车室深处,头顶上几块水泥板斜歪着,摇摇欲坠。一位旅客焦急地跑来对王彦修说:"解放军同志,太深了!进去太危险!"王彦修坚定地回答:"不怕,请你帮助我观察一下,救人要紧!"他迅速沿着横七竖八的水泥板和木梁钻了进去。大地还在不停地颤抖,整个废墟还在发出"咔嚓咔嚓"的响声,水泥预制板不住地在空中摇晃着。王彦修裸露着的肩膀再次被张牙舞爪的钢筋挂破,鲜血又一次顺着手臂流了下来,王彦修全然不顾,一块砖头从晃动着的水泥板上震落下来,观察人员想用手去接没有接住,正砸在王彦修的头上,鲜血顿时流了一脖子,王彦修还是没有退缩。这会儿,唐山火车站派出所的女民警董芬跑过来,想帮助王彦修一起救出孩子,尽快撤离危险区。只听王彦修高喊一声:"这里太危险,您不要下来,让我来吧!"随即他站起身把董芬一把推了出去。就在董芬转身的瞬间,一阵较强的余震发生了,"哗啦"一声,断墙上的一块水泥板斜歪着掉下来,王彦修的双腿被砸断了!

群众一下子围拢过来,人拉人拽把斜倒在废墟里的王彦修拉上来,浸在血泊中的王彦修用尽最后的气力低声呼喊着:"快看看,是否砸着了孩子!"人们继续想办法,终于把废墟底部的孩子救出来了。而王彦修的眼睛却再也没有睁开。他太累了!整整五六个小时,王彦修滴水未进,不停地救人,救人!心里唯独没有他自己。唐山火车站的广场上,人们悲痛地围在这位不知姓名的解放军战士遗体四周,久久不肯离去。一位七八岁的小姑娘离开自己妈妈的尸体,来到英雄跟前失声痛哭:"解放军叔叔!你不能死呀!你是好人,我们离不开你呀!"一位双腿被砸伤的旅客,艰难地爬到英雄身边,将自己的上衣脱下来,轻轻地盖在王彦修身上。

王彦修的家乡邢台地区的宁晋县，是1966年大地震的重灾区，幼年的王彦修亲眼见到爹娘当时把自家的干粮分了一半给了邻里乡亲。一队解放军进村后，战士们把自己吃的干粮，让给老百姓吃，还帮助群众搭起帐篷，部队官兵们却枕着土坯，睡在露天地里。这些少年时期的镜头深深地映在他的脑海里，也刻在了他的心上。现在，他也成为一名光荣的人民解放军战士，就要接过先辈的枪，为人民站好岗放好哨，在党和人民需要的时候挺身

而出，勇于献出自己的一切。震后，王彦修被所在部队追认为中国共产党党员。1977年4月，中央军委发布命令，授予王彦修"雷锋式的战士"光荣称号。

几十年来，我回过几次唐山，有时也在唐山新火车站下车上车。我多么希望在唐山火车站的广场上，能够看到一尊王彦修烈士的雕像啊！人们应该记住英雄的名字。为了我们的昨天、今天和明天。人们应该传递这样的爱心和爱意。为了你、我、他的幸福与快乐。

这么多年过去，要说当年在唐山抗震救灾是否留有遗憾，当然有。虽然在这场冲击灵魂、撼人心魄的战斗中，这种遗憾仅是一丝，但也有必要记载下来，立此存照。一是为那些一度被私欲占领的灵魂而遗憾。我们同属一个营相邻一个连队的指导员，好像是辽宁葫芦岛人，个头不高，平时话也不多，但他当时却是全团唯一的师党委委员。按说，师党委委员具体到团里应是由两位团队主官即团长和政委担任，但在"文革"年

二十二、大爱惊天

代,说是要吸收基层官兵代表参加上一级或上两级党委全会,以便发扬民主,更好地接受基层监督。于是就有基层连队的主官或先进士兵代表进入军师团党委委员行列。这些人当然一般都是表现上乘、优秀可靠的同志。其实,本来在我们这些士兵眼里,政治指导员就是党代表,是党的化身,印象里一般都是由作风正派、有文化和理论水平、各方面素质较好的干部担任,对连队指导员都非常尊重,加上这位相邻连队指导员又是师党委委员,更使我们佩服之至。可令我没有想到的是,就在抗震救灾初期,扒挖尸体、清理废墟阶段,相邻连队清理出来的一块手表找不到了,后查来查去,原来是这个连队的指导员贪占给藏起来了。这件事当时在团队炸了锅!不拿群众一针一线,历来是部队纪律的基本要求,何况是在地震灾区,乘人之危,贪占群众财产,怎么能干这样的事情?还是连队的指导员、党代表、师党委委员,太不应该、太不像话了。不几天,团里传来通报,给这位指导员行政免职、党内严重警告处分,将其送回清风店营房反省问题,当年就被安排离开了部队。这件事对我思想震动很大,如同战争年代的地下工作出了叛徒汉奸、打仗出了投降的官兵一样,想起来就觉得丢人。

二是为那些业务素质差、关键时刻"掉链子"的人和行为感到遗憾。在向唐山开进的途中,经常看到路边有军车出了毛病,驾驶员满脸油污地钻进车底或打开前盖修理的情况。当然,这里面有当时国产车辆质量差的缘故。那时每天早起发动车辆,都是用一个铁摇把,插进车头下方通往发动机的一个孔里,费九牛二虎之力摇上半天才打着火,将机器发动起来。有时还需要好几个人轮流摇,才能奏效。但同样的车辆,有的驾驶员平时注意保养,发现问题及时修理解决,做到了像雷锋同志那样,干一行,爱一行,像爱护眼睛一样爱护自己驾驶的车辆，这样的车辆就不容易出现故障。而有的驾驶员作风不过硬，工作不上心、不尽心，平时疏于保养修理，车况问题积攒成堆，关键时刻就拉不出去，车辆走不多远自然要抛锚。救灾如救火，一个车辆出问题，就要耽误一个连排的行动，拖延前去救人的时间。

三是为那些无谓的损失和牺牲而感到遗憾。在抗震救灾期间，有一个连队司机班的老驾驶员，在修理车辆时，违反操作规程，边抽烟边干活，不慎将一盆汽油点燃，慌乱中他端起燃着火的大铝盆就跑，想让火势离车辆和人群远一些，就在端起铝盆跑的瞬间，整个铝盆的汽油都洒在前胸部位，这位驾驶员一下子成为"火人"，身上被烧伤面积达70%以上，丧失了劳动能力，留下终身的残疾。

我们完成抗震救灾任务，回到清风店营房约三四个月后，唐山市皮影艺术团到师部慰问演出，师里安排参加唐山抗震救灾的几个团队都派代表前往定县（今定州）师部礼堂观看。那天晚上，我们连队去了二十多个人。我因已在连部当了文书，事情多些，也就没有去看戏。到了第二天早上起床时，我看到昨天晚上去师部看节目的通信员小宋，正趴在床上，往一件旧军大衣上描着钢笔字，凑近一看，他在写着："这是一件救命大衣……"我就好奇地问他，怎么回事？原来，昨天晚上10点多钟，满载去看节目战友的军车返回时，在唐县王京镇附近道口拐弯时，车速较快，车辆尾部一甩，当时在大厢里站着的战士们自然要向后倚，失重带来的强大惯性推力造成一侧车厢板断裂，十几个战士相继被摔下路基，我原在的一排二班新上任的副班长刘承德，因脑部着地，当场被摔得七窍出血死亡。小宋他们另外几个战友也许反应快些，在大厢板断裂的同时，迅速用身上穿的军大衣裹住头部，捡回一条命。

二十二、大爱惊天

刘承德，是1972年底从四川省三台县入伍的老兵，一向与我关系很好。就在牺牲的前一天，他探亲刚从老家完婚回到连队。他的遗体放在卫生队的一个小屋子里，我们几位新兵轮流为他看护了约一个礼拜。直到他的父母、新婚妻子，还有弟妹几人来到部队料理完后事。许多年过去，有时做梦，还梦见我们班新任副班长刘承德那一张笑呵呵的脸。

二十三、新旧对比

很长时间以来,我一直以为自己所经历的1976年唐山大地震,是迄今为止,中国乃至世界上伤亡人数最多、对地面物体尤其是城市设施破坏最严重的地震。直到2016年,我从《人民日报》发表的著名散文作家梁衡写的一篇题为《百年震柳》的散文中得知,约在百年以前的1920年12月16日晚8时,宁夏海原县曾发生过比唐山地震还要大的一场罕见地震,震级8.5,裂度12,死亡28万人,震波绕地球两圈,余震三年不绝,史称"环球大地震",死亡人数大约比唐山地震24.2万人还多出近4万人。

从地震发生的原因上看,据说海原大地震是由于地球的印度洋板块与太平洋板块相互挤压所致,与2008年4月12日四川汶川大地震原因相同。唐山大地震的原因,我看了有关资料分析,认为是由构成地球地壳的板块移动引起的,而板块移动多数出现在太平洋的东缘和西缘,因此中国、日本和南美、北美同属易受地震之害的国家和地区。而且,在震波分类上,有专家研究说,唐山地震之所以对地面建筑破坏性大,其元凶是由于这次地震既不是横波,也不是纵波,而是一种扭波。纵波一般使物体产生上下震动,横波使物体前后摆动,两者的破坏性都不算大,而扭波一

二十三、新旧对比

到,则把物体从内部扭散扯断,随即垂直坠落,造成巨大破坏。

海原地震使大地瞬间裂开一条237公里长的大缝,横贯甘肃、陕西、宁夏三省区。裂缝如闪电过野,利刃破竹,见山裂山,见水断水,将城池村庄一劈两半,庄禾田畴被撕为碎片。就连海原一条山谷中正在旺盛成长着的一片柳树,也照例噼噼啪啪给撕裂或击倒。

1920年的中国,民国初立,军阀混战,天下大乱。本来就积贫积弱的西北地区,又突然遭此地震惨祸,真是雪上加霜。据说大地震到来之前,群狼夜嚎,畜不归圈,家狗炸毛,见人就乱叫乱咬。天边黑烟滚滚,地心雷声隐隐。山民夜间望见远山有红光罩顶,又闻炕下土层深处,犹如撕布裂木之声,令人毛骨悚然,惊为魔鬼作祟。

地震那天的晚上,忽然刮起风暴,尘霾遍地,大地乱颤,如巨怪穿行。霎时山移地裂、河断城陷。有的山体整个滑行了三四公里,最大滑坡殃及三县,达2000多平方公里。山倒后瞬间使河变湖,形成无数的大小"海子"。那湖底又突然鼓起一道滚动的陡坎,将整个湖面向北移动了一公里,被人们称为"滚湖"。随处可见道路断裂,田埂错位,村庄塌陷。所有地标物体都被扭曲、翻腾得面目全非。而受破坏最严重的还是人的生命。当地百姓多以土质窑洞为居住点,无梁木砖石支撑,只要大地轻轻一抖就轰然垮塌,村寨、沟坡,瞬间化为一片黄土。"死者伏尸于黄土之中,生者蛉居于露天之下。"时任甘肃省省长给大总统徐世昌拍了一封十万火急的电报,说:"人心惶恐几如世界末日将至,所遗灾民,无衣、无食、无住,游离惨状目不忍见,耳不忍闻。"但北洋政府只是以大总统的名义,捐一万大洋了事。一万大洋,恐怕都给一个家庭,也解决不了多少问题。据有关专家探察,6000年来,仅海原地区就有六次大的地震,第一、二次发生

在5000年以前,第三次发生在2600年前,第四次发生在1900多年以前,第五次发生在1000年以前,第六次就是近100年以前的海原大地震。可想而知,在生产力相当落后、闭塞的旧时代,摊上这样的大灾,老百姓只有流离失所、饥寒度日的下场,只能自生自灭,自救互救能力非常差。记得20世纪中叶我在原63集团军某炮兵旅任政委时,曾看过山西孝义、汾阳两地的地方志,里面记载旧社会频频遭遇震灾、水灾、旱灾,百姓生活无着,最后竟逼得人吃人,令人惊愕!

再回过头来看唐山大地震,震后的当天,14万人民解放军官兵紧急奔赴唐山,顶着频繁余震,冒着生命危险,用双手、用铁锹铁镐等简易工具,手扒肩扛,与时间赛跑,与死神争夺生命,从瓦砾废墟中救出1.64万群众的生命。全国各地政府和民众积极支援唐山抗震救灾,使十多万名伤员及时转送外地治疗养伤,4204名地震孤儿有了新家,3817名地震截瘫伤员得到精心治疗和护理……我当时在唐山抗震救灾一线也感到,尽管初期秩序乱一些,但无论军队还是地方,始终都是在组织的管控、指挥之下,运筹、展开震后救灾相关事宜。我们长途行军到达唐山,一进市区,就听到流动广播车里播送着抗震救灾指挥部的通告,鼓励人们坚定信心,齐心协力,战胜天灾。并宣布有关法纪要求,维持灾区正常秩序。震后不长时间,就有直升机空投食品药品,派部队车辆从远郊拉来干净的饮用水,分发给群众,仅当时的北京军区前指,就先后派出65台容积为4.5立方米的油罐车。全国各地的医疗救援队、建筑队、防疫队纷纷奔赴唐山,帮助灾区人民医治创伤,重建家园。

当大地震袭来时,唐山市的人民群众普遍有一种坚定的信念,这就是:共产党不会不管我们,解放军会来救我们的!唐山抗震纪念碑碑文的起草者戴连第深有感触地说,大地震使我们感

二十三、新旧对比

受到：中国共产党英明伟大，社会主义制度无比优越，人民解放军忠贞可靠，自主命运之人民不可折服！这是发自肺腑的心声。

据原北京军区后勤部部长衣瑞伦回忆，在震后两个月时间里，部队共出动运输汽车20多万台次，运行1479万公里，运送各种物资48万多吨，协同地方外转伤员9.3万余人。为了防止出现"大灾之后必有大疫"的情况，军区专门抽调具有40年防疫工作经验的老红军、时任军区后勤部卫生部副部长罗文淑同志专抓这项工作，除军队医疗系统人员外，还从全国七个省区市抽调医疗防疫队，军队和地方共投入1200多人组成防疫队伍，集中精力开展饮水卫生化验，杀灭蚊蝇，深埋人、畜尸体和卫生防疫宣传教育等项工作。同时，还为地方建起1365个卫生防疫机构，培训了7700多名卫生防疫骨干，有效地改变了震后卫生状况，实现了大灾之后无大疫的目标，创造了世界地震救灾史上的奇迹。

地震发生后不到半个月，由国务院派出的工作组就抵达唐山，进行重建唐山的规划。在其后的几年里，唐山聚集了全国最优秀的规划专家、技术人员和工程队伍，开始了世界建筑史上罕见的城市重建。统计资料显示，到1986年底，唐山复建完成，恢复建设竣工面积1800万平方米。年底，全市23万户居民搬入新居，占当时总户数的98.5%。这十年间，用汽车拉走了一个废墟状的唐山，内部消化了一个简易房遍地的唐山，重新建起了一个现代化的新唐山。

1990年11月，联合国向唐山市颁发"人居荣誉奖"。在中国经历过新旧社会两个年代生活的国际著名记者爱泼斯坦，曾在唐山地震十周年时撰文说："社会主义拯救了唐山，从这个城市震后取得的成绩看，这是一个完全符合事实的结论。在旧中国，要取得这样的成就，是令人难以想象的。"

当年，我们也曾亲眼看到和听到，灾区人民群众被唐山震后

1976，红星在唐山闪耀

出现的一方有难、八方支援的场景所感动，不少人流着眼泪感慨地说："新旧社会两重天，一个苦来一个甜。"2016年5月，我去唐山出差期间，专门抽出晚上时间，到市南湖公园，游览参观了当时即将开幕的世界园林博览会。听有关负责同志介绍，这里曾经是唐山的"工业伤疤"——130多年来形成的采煤沉降区。大地震又加剧了沉降区塌陷，一度成了污水横流、垃圾遍地、蚊蝇滋生的"龙须沟"。经过多年治理，如今已成了规划面积30平方公里的城市中央公园。园内绿树成荫、万千花开、姹紫嫣红。楼亭巍巍矗立，彩灯五颜六色，湖内喷泉随着优美的乐曲变化着不同的造型，让人流连忘返。南湖公园华丽蜕变，新唐山涅槃重生，使我感慨万千！

望着如今唐山市美轮美奂的夜景，谁能想到，四十多年前，这里曾发生过那样令人震惊的毁灭人类的大地震，上演过一场波澜壮阔的人类与自然界作斗争的历史活剧呢！

二十四、能参善谋

2016年夏天,我的忆唐山系列在"我的卧虎湾"公众号发表以后,除了引起凤凰、腾讯、搜狐、新浪诸家知名网站,以及广东、河北、山西和环渤海新闻网所属三十多家网站关注转载以外,还在我的家人、微信朋友圈和多年的老战友、老朋友间引起热烈反响。原同在114师机关工作的老战友、后在原24集团军后勤部任副部长的张金福,一天上午发信息给我说:"近期看了你写的忆唐山系列文章,感到熟悉和亲切,我当时在师机关参加的抗震救灾,那段岁月好难忘啊!这些年也想提笔写写,但苦于水平不及和总是瞎忙未果。你的系列文章感动鼓舞、教育启迪了好多人,都是凝聚人心的正能量。四十年后,你又为部队和唐山人民做了一件大好事!"

在写了当年北京军区、38军首长机关指挥唐山抗震救灾的篇章之后,我想再写一下114师首长机关参与和指挥唐山抗震救灾的事迹,正苦于找不到当年了解情况的人呢!老战友张金福的出现,使我大为惊喜,立即约他抽时间给我聊聊唐山抗震救灾的事,金福老兄欣然应允。

张金福是山东陵县人,与我景县老家离得很近,他是共和

国的同龄人，1968年春天入伍，属于我当兵时连长指导员辈儿的老兵。他高高的个子，身材挺拔，性格爽朗，待人热情，办事利落。1979年7月我到师政治部干部科当干事时，他已是师司令部装甲科的老参谋，后曾在114师坦克团当过团长。当初，我在内蒙古东部边防军分区任政委，他从北京过去看我，临别时，在茫茫大草原上，与我相拥而泣，那是为我长期在偏远艰苦地区工作，颇有些曲折坎坷的军旅漫漫长路洒下的泪。

当年接到赴唐山抗震救灾命令时，114师首长机关正在山西省会太原东北部盂县山区组织军事演习。上级命令部队立即停止演习，迅速收拢部队，抓紧时间火速向唐山方向开进。路过定县师部大院时，车队停下来安排大家腾出点儿时间回机关或家属院收拾行装。说来也巧，张金福一到机关，科里同事告诉他正准备给他打电话：他有孕在身的爱人俊英行动已不方便，一大早从山东老家来部队休假，希望丈夫关键时刻"立功"，侍候她几个月。张金福一听就急了，什么时候来部队不行，怎么偏偏这个时候来？他安排同事做好救灾的相关准备，自己立即赶回家属院，看到爱人俊英正挺着个大肚子冲着他笑呢！她误以为丈夫是专门赶回来侍候她的呢！在那个只能用电报或书信联系的年代，军人探亲和家属来队，弄错日期接不到人或猛地出现造成突然惊喜是经常有的事儿。张金福急忙把自己要随师机关去唐山救灾的事儿给爱人说了。而后，两人赶紧找来一些木棍、绳索和苇席等物品，加入到各家各户搭防震简易棚的行列中。一个小时后，他望了一眼刚刚来队探亲、挺着大肚子行动不便的妻子，匆匆赶往抗震救灾的车队里去了。

张金福对我说，一路上，越往东走，各种车辆就越多。为了加快速度，让师机关和直属队的车队顺利通过，他们几位参谋负责交通疏导任务。就在临出发前，在师部停下那会儿工夫，这

二十四、能参善谋

位张参谋就派人去做了几个写有"交通指挥"字样的红底黄字袖标,这时派上了用场,许多地方司机一看"交通指挥"几个醒目大字,都纷纷给军车让路。这就是张金福这位老参谋的智慧所在。

到达震区之后,在寻找生命迹象的黄金时间,张金福在陪师首长视察时

38军114师部队官兵在救灾一线

发现,夜深人静时,是发现生命声源的好时机。他就向首长建议,通知部队每天晚上派出侦察小分队,通过耳朵贴近废墟听、用金属器皿敲击、钻进水泥预制板缝隙用手电筒光线侦察等办法,使救人的效率大大提高。这个经验被整个救灾部队推广。

到达震区第二天,张金福许是由于喝污水突然闹起肚子,"好汉架不住三泡屎",拉得他浑身无力。他心里想,目前救灾任务十分紧急,自己决不能在这个时候倒下。于是,心急的他从卫生员那里要了一包土霉素片,一把就捂到了嘴里,约摸过了一个多小时,正在陪同副师长王宝颐去部队检查的吉普车后座上的张金福,突然感到一阵眩晕,发出"啊"的一声,张副师长回头一看,张金福脸色蜡黄,连嘴唇都白了,有话也说不出来……赶紧调转方向,把张金福拉到师医院野战救护所治疗。躺了一整天,深更半夜,张金福就悄悄跳下病床,投入到紧张的救灾工作中去了。

为了加快过冬防震简易房建设,张金福发现,夜间用汽车大灯当照明用灯,部队就可以晚上加班加点施工作业,于是他就给师首长提出这个建议。师首长采纳他的建议后,各部队都把解

1976，红星在唐山闪耀

当年张金福参谋（右一）与战友们在唐山抗震救灾一线

放牌汽车开到建房工地附近，一到晚上，汽车前灯从东西两个方向照得一排排简易房工地通亮，大大加快了建房速度，保证灾区群众尽早住上相对保暖的过冬房。

多年以后，张金福在24集团军后勤部副部长任上到龄退休。他当了一辈子兵，只立过一次功，这就是1976年在唐山抗震救灾中荣立三等功，为这位老兵的军旅生涯留下了抹不掉的光荣记忆。

在张金福的回忆中，我知道了当时114师参与和指挥唐山抗震救灾的师首长是：师政委刘文卿，副师长王宝颐、张志仁，参谋长牛喜辰，政治部主任张明春等。我们师刘文卿政委是战争年代入伍的老同志，山东胶东人，中等偏上的个子，浓浓的眉毛，两只眼睛炯炯有神，脸廓棱角分明，平时表情严肃，说话慢条斯理。我们在师机关工作时，机关干部反映，刘政委讲话水平高，机关干部给写的讲话稿，经他的口念出来很自然，如同他自己不看稿子在讲话，刘文卿政委当时在师班子里资格最老，年龄也是最大，但他作风很深入，时时处处以身作则。他号召师首长和机关的同志必须靠前指挥，准确细致地了解掌握救灾第一手资料，实施快捷高效的指挥。在震区的日子里，他每天睡觉很少，一有空就深入各团部队救灾现场检查指导。那次，我们团四连在商业医院废墟抢救46岁女工卢桂兰的战斗，刘政委盯在现场指挥并带领部队一起干，他与战士们一起抬水泥预制板，一起用手扒砖石瓦砾，手套磨烂了，手指磨出血也全然不顾。卢桂兰住院期间，

二十四、能参善谋

刘政委和王副师长还一起到医院看望，还亲自给住院的重伤员喂水喂药。

在抗震救灾期间，刘政委最重视做好群众工作，听到所属部队中出现个别官兵违反群众纪律的苗头，他心急如焚，有时候气得拍桌子骂娘。为了让部队深扎我军学人民、爱人民、为人民优良传统的根子，他指导师政治部编写《"挺进"雄风》小册子，里面都是我师部队在战争年代与和平时期模范遵守群众纪律的典

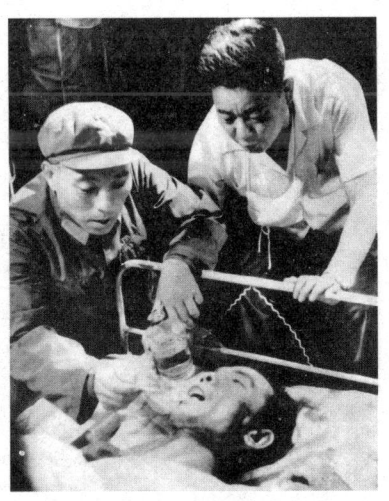

38军114师政委刘文卿（左）和副师长王宝颐（右）在给重伤员喂水

型事例。他还和时任师政治部主任张明春一起，总结师炮兵团七连和我所在的机枪一连抢救银行现金分毛不差的经验，号召部队发扬战争年代"打得好、团结好、纪律好"的光荣传统，在灾区树立起"文明之师、威武之师"良好形象。整个救灾期间，部队纪律严明，作风优良，用实际行动诠释着"人民是父母，我是子弟兵"的诺言，留下许多至今仍被灾区人民称颂的军民鱼水情佳话。

我于1979年6月调入师政治部工作后，与当年唐山抗震救灾的几位师首长多有近距离接触，都很熟悉。只可惜那时候我尚属师机关的小字辈儿，没有机会与师首长们在一起交流沟通，也从来没有听他们提起过唐山抗震救灾的事情。当时最年轻的师政治部主任张明春，后任114师政委、38集团军政治部主任，24集团军和28集团军政委，吉林省军区副政委，也在二十多年前，因患肝病在东北长春逝世。

二十五、三考"学生官"

38军的部队,自战争年代流传下来一个传统:从军到师到团都有文化代称,譬如:38军称为"前进",114师称为"挺进",341团称为"进击"。那时候,各部队都有自己的旗帜,上边就印有这样不同的文化代称,行军打仗常常打起这样的旗帜。其实,这就是值得称道的军事文化,是鼓舞部队士气、培养集体荣誉感的极好形式。

1988年3月至1990年9月,我任步兵第341团政治处主任时,就倡导办起团队小报,名字就叫《进击报》,很受基层官兵欢迎。38军部队从战争年代还流传下来一个传统,从军到师到团以上首长机关的领导干部都有代号,军事主官为1号,政治主官为2号,军事副职为3号,政治副职为4号,参谋长为5号,政治部(处)主任为6号,副参谋长为7号,政治部(处)副主任为8号。平时基本不称呼职务,而是称呼姓加代号,如团长姓马,就称"马一号",政委姓张,就称"张二号"。

341团接到部队赴唐山抗震救灾的命令时,团领导班子从一号到八号首长和机关干部大部分人都在内蒙古草原参加军事演习。时任团长马志远,已被任命为114师副参谋长,但工作还没

二十五、三考"学生官"

有交接,仍和参谋长潘景武、政治处主任李之云等领导同志一起组织指挥演习。新任团长陈富德原是副团长,仍在清风店营区负责留守。接到救灾命令,在家的部队由新任团长陈富德和政治处副主任温之寿带领,立即开赴唐山灾区。一面写有"进击"字样的团旗插在首车的车头上。老团长马志远等几位参加演习的团领导,带队直接从内蒙古往唐山灾区赶。

据后来任人民武警报社社长的我的老首长姜自申回忆,当时团队领导对震情估计严重不足,团政治处的人员也是从营房附近的驻训点返回,匆匆忙忙就出发了,甚至连炊事用具和碗筷都没有带,以为到了哪个城市再置办这些东西也来得及。那时候,姜自申刚任团政治处宣传股长,他是"文革"前考入河北北京师范学院中文系的,1970年毕业后到部队农场锻炼一年就分配到114师政治部工作,是部队较早时期的"学生官",没想到刚到团宣传股上任就赶上救灾。他在电话里笑着给我讲起赴唐山一路上,"温八号三出考题"的故事。

车队过了宁河县之后,部队小休整。温之寿副主任对他说:"姜股长,你马上去找点水过来!越快越好!"姜股长一听,即刻答道:"是!请温八号放心!"他刚从机关下来,也想给新单位的领导留个好印象啊。转身便找来两个水桶,带着两个年轻点儿的干事就往路边的田野跑去。谁知等他们费了很大的劲儿提着两桶清水返回公路的时候,那机关的车队已经开拔半天了。这可咋办?急得姜股长直挠头。这时,一辆解放牌军车突然停在他的面前,姜自申定睛一看,是本团三营营长陈大体。姜股长急忙上前求援。说清原委后,陈营长说:"别着急,我速派摩托车送你们追赶队伍!"就这样,姜股长等三人坐着营部通信排的拖斗摩托车很快追上了机关车队。温八号见到大汗淋漓的姜自申,什么也没说,只是咧着嘴笑了笑。

1976，红星在唐山闪耀

刚赶上机关车队，前边又停下了，车队半天纹丝不动。温副主任又下达任务了："姜股长，你带个人到前边看看，是什么原因堵车？""是！"姜自申边答应边小声嘀咕，这会儿我回来你不会又走了吧？姜股长带着一位年轻干事，紧赶慢赶，那车队前看不到头，后看不到尾，许多部队的首长和机关人员都下车来打探情况，姜股长他们拨开人群，一个劲儿地往前冲，大约走了足足四五公里远，终于看到前边车队是被一座受地震影响垮塌的大桥堵住了，舟桥部队正在举全力架设浮桥，看那阵势至少也还得个把小时才能铺好。弄清了情况，姜股长他们就立即回返。走着走着，眼看着车队都在调转方向：不好！可能车队要绕行，我们又要掉队啦！说着，姜股长拉着年轻干事加快了脚步。到了与温副主任分手的地方，早已不见团机关的车队了。原来刚接到上级命令，车队一律绕行玉田方向，火速奔赴唐山。没办法，姜股长他俩又赶紧搭乘兄弟部队的一台吉普车去追赶队伍。

追赶上温八号的车队倒也没费多大劲，因为车队实在"火速"不起来，仍是走走停停。快进唐山市区时候，温副主任突然想起政治处机关没有带碗筷的事儿，他把姜自申找过来交代说："自申哪！你赶快带人去市里置办些碗筷，保证部队到后很快就能吃上饭。"姜股长又答了一声"是"，就带着政治处的书记（排职干部）一起，乘坐一台通信摩托车先走了。越往市区方向走，看到房倒屋塌的情况越严重，进到市区，见到的是一片片废墟，没有一个成型的房子，哪还有什么商场和商店哪！大街上，电线杆子有的倒了，有的斜立着，挂掉的电线纵横交错，砖石瓦块遍地，废墟旁都是尸体，几个赤身裸体的人被五花大绑在电线杆上，听说是趁灾抢劫的人。再往远处看去，看到的都是腾起的烟尘，慌乱中穿梭着的人们，匆匆行驶着的各种车辆……姜自申命令摩托车驾驶员立即回返，见到正在焦急等待车队开行的温八

二十五、三考"学生官"

号,姜自申报告说:"温八号,整个唐山都平了!连人的头发都被砸断了,去哪里找碗筷呀!"事情过去这么多年,姜自申逐步体会到,部队开赴唐山路上的这三道"考题",也许是温八号这位老政工对姜自申这位"学生官"的入门考试。

战士们在抗震救灾现场抢救伤员

此时,人们真正知道灾情的严重性了。一场世界上罕见的大地震现场就要展现在眼前了。

灾难之痛,痛至人心。灾区就是战场!救人就是战斗!部队进入唐山市区,官兵们顾不上长途奔袭的疲劳和饥饿,立即展开生命大救援。341团唐山抗震救灾指挥部开设起来,新任团长陈富德带机关的同志根据上级部署,向各营连分配完任务后,马不停蹄地深入到连队救灾现场,与基层官兵一起,肩扛手抬水泥预制板,搬出一根根房柱梁檩,手刨瓦砾砖堆,清走缠绕裸露的钢筋,用一双双手传递着挚爱的力量。到震区第一天,全团就抢救出15名群众的生命,挖掘出370多具遇难者遗体。随着救灾进程的推进,唐山抗震救灾指挥部认为,震区的宣传鼓动工作必须加强,被震塌的唐山劳动日报社需要尽快恢复出报,救灾宣传的各类文件材料、公告、标语也需要有工厂印刷。于是,指挥部把抢救印刷厂、恢复印刷生产的任务交给了341团部队。从内蒙古演习现场赶来的老团长马志远和参谋长潘景武,立即带一部分部队奔向印刷厂,展开帮助印刷厂恢复生产的战斗。

印刷厂的厂房全部倒塌,机械设备都被砸在水泥预制板和砖

石之下。倒塌的厂房水泥预制板纵横交错，碎砖烂瓦堆积如山，有些楼顶的水泥预制板倾斜悬挂，随时有掉下来砸着人的危险。官兵们毫不畏惧，昼夜苦干，他们硬是用手、用锹和镐，还有简易的小推车，把大山一样的废墟移走清完。砖头瓦块划破了手，钢筋玻璃和铁钉扎伤了脚板，鲜血与汗水同泥土混合在一起，但他们全然不顾。在清理工厂废墟的过程中，还挖出4具上夜班工人的遗体，抢救出工厂的财务账目等贵重物品资料。

废墟清理完毕，341团官兵又协助工厂技术人员，修理被地震砸坏的机器设备，一台台沉重的机器设备，都被团队官兵和工人师傅一道，整齐地安装在临时搭建的工厂简易厂房里，经过工厂技术人员的昼夜抢修和调试，很快具备了印刷能力。团里还为印刷厂提供部分柴油和汽油，保证发电机正常工作和夜间照明需要。

印刷厂终于可以恢复生产了！《唐山劳动日报》恢复出报了！这在震后的唐山，一时成为号外消息。印刷厂是震后第一批恢复生产的单位之一。唐山抗震救灾指挥部的首长对341团的救灾工作非常满意，指挥部首长专门前来鼓励嘉奖部队，勉励部队官兵再接再厉，为唐山抗震救灾多立新功。

步兵第341团，战争年代素以敢打硬仗恶仗著称，团队有抗日战争"攻守兼备连"、解放战争"博山无坚不摧英雄连"和"天津战役三好连"、抗美援朝"英雄通信连"等十几个荣誉连队。和平时期，始终保持了勇猛突击、不服输和永争第一的精神。如今，在唐山抗震救灾这个特殊战场上，他们也成为一支生力军。

二十六、团队领班

在我所在的步兵第341团,那个时候,官兵们最佩服的团首长当数老团长马志远,原因是马团长工作标准很高,什么事情不干则已,干就要干出个样子来。最典型的事例,就是我们清风店营房通往京广线铁路公路旁那两排大杨树,那可是当初马团长亲自盯着,用炮兵指挥测量仪测距,一棵一棵认真栽出来的,无论你怎么看,都是横看一排排,纵看一条线,个个树身挺拔高耸,枝叶繁茂,如同两排迎接总统检阅的仪仗兵队伍。

2016年初,曾担任过341团政治处宣传股股长和团政委的人民武警报社原社长姜自申还写过一首关于营门前两排白杨的长诗,诗里写道:

　　马团长亲自指挥栽植两排白杨
　　栽每一棵树
　　都要用测绘镜测了又测
　　量了又量
　　如同训练刚入伍的士兵
　　又像细心绣花的姑娘

栽完树，他指着这两排杨树说

这就是341团的工作标准

这就是官兵看齐的度量

我们这个英雄团队

要和白杨一起茁壮成长……

是的，在这之后，341团不管栽树还是训练、工作，样样都坚持一流标准。精品意识，争第一、创一流的精神深扎在每一名官兵心中。后来，还发生过一件特别有趣的事儿。在341团与姜自申社长搭过班子、任过团长，后任北京军区司令部军务部部长、军区装备部副部长的谷兆峰少将，有一次到张家口驻军检查工作，想顺便看一下341团转业的一位营长，但又苦于没有这位营长的具体地址。他坐在越野车上漫无边际地走着，突然，他的眼睛一亮，发现有一条路上的树栽得笔直，横看竖看都成排成行，惊叫了一声："找到了！这树肯定是341团出来的人栽的！"马上让司机顺着这条路去找老战友，果真很快找到了已在某县农林局任局长的这位战友。此事曾被我写成小说，刊登在《战友报》和《军队转业干部》杂志上。

341团在发放救灾物资

在唐山抗震救灾的日子里，马志远团长的工作标准非常高，干起活来丁是丁、卯是卯，从不含糊。他还特别会用人，拉运尸体这活儿，不光是个体力活儿，而且要求人要有很强的心理承受

二十六、团队领班

能力,他就派军务股参谋、后来当了团训练队长的姜广绪来负责。姜广绪,人称"姜大胆",辽宁大连人,白脸,眼珠有些发黄,每天在腰间扎着腰带,总像要出操的样子,在营区发现有人违反军容风纪,立即进行个别操练,最后,还要让连长指导员到大礼堂前认领。团里的兵们又爱他又怕他。他还爱指挥部队唱歌,指挥歌时,都要站在座椅上,两手在空中反复舞着,双腿一伸一收的很是好看……

接受拉运尸体的任务后,姜广绪俨然是一个运输大队长,开始那些天,一天不知拉出多少具尸体,反正累得姜广绪嗓子哑了,满嘴起泡。装车时,他一再叮嘱战士们轻抬轻放,车装好后,姜广绪都要整理军容,庄重地向死者敬上一个军礼。一转身往往都要抹一会儿眼睛,才跳上驾驶楼,带着车队缓缓向郊区驶去。卸车时也是这样,每次他都要亲自抬尸体,一个一个轻轻放好,生怕惊动了死者的睡眠。从那些动作,可以看出,这个姜大胆是刀子嘴、豆腐心,是个地道的热心肠。

地震初期,地震造成停电、断水、断粮,马团长就协调师团军需部门,把部队从营房带来的压缩饼干、肉罐头等发给驻地受灾的群众。要求每个连都要尽可能地为驻地群众提供些吃的、喝的。马团长发现地震把群众的炊具砸坏了,有的自行车也给砸坏了,他就安排师直修理分队成立"爱民修理服务队"。震后第一个修理服务队出现在街头:简单的窝棚,简易的工具,焊枪、板钳,能有尽有。白天,群众来来往往、络绎不绝,夜晚,灯火通明,榔头敲打铁皮声响个不停,及时解决了群众遇到的生产生活中的一些问题。

团政委蒋天喜是战争年代入伍的,河南镇平人,他的左额部有一个大大的疤痕,待人和蔼,平易近人,一说话就笑。他特别重视团队的文化体育建设,战士们在营区操场上踢足球,蒋政委

1976,红星在唐山闪耀

经常当热心观众。到震区后,抢险救人阶段一结束,他就想到要尽快帮助中小学校恢复秩序,争取让孩子们早日上学。有一所中学的孩子们,震前正准备参加在辽宁丹东举行的中学生暑期篮球赛,地震后,不少学生遇难或受伤。蒋政委了解到这一情况后,立即责成政治处帮助学校恢复起篮球队组织,并派出团里几位篮球方面有特长的战士运动员、教练员和裁判员,去学校辅导孩子们打篮球,还为学校篮球队采购了运动服,保证了震区的孩子们的参赛行程。学校领导一个劲儿地向团领导表示感谢。经过团队帮助支持,地震后一所中学和一所小学都赶在9月1日如期开学。蒋政委还代表救灾部队出席了开学典礼并致辞。

参谋长潘景武是抗美援朝时期入伍的,也是东北人,记得他抽烟挺厉害,常常咳嗽,说话声音尖尖的,东北口音浓,个子不高,有点驼背。他军事素质好,懂参谋业务,讲话干脆利落。进入唐山震区后,他带领部队负责救灾物资保管和押运工作,执行任务期间,常常几十个小时吃不上饭,可当直升机空投的面包、饼干等食品落在自己脚下时,他立即指挥战士们抓紧集中起来,组织部队尽快发运,及时送给受灾群众。即便是那些摔坏散落在地上的食品,他也让战士们收拾起来,集中发给群众,自己忍饥受饿一点也不吃。

一次,潘参谋长组织部队担负警卫和从废墟中扒药品任务。中伏的天气骄阳似火、热气灼人,战士们挥汗如雨,喉咙像要冒火一样。潘参谋长也和战士们一道,从废墟里一箱一箱地向外搬运药品,汗珠挂在他瘦瘦的脸上。水!在烈日下奋战的官兵们多么需要水啊!药品库的领导和工作人员见状,从部队官兵扒出的药品中翻出一箱葡萄糖来,送到潘参谋长面前:"首长,您下个命令,让战士们喝下去吧!不然会中暑的!"潘参谋长告诉他们:"我们部队能坚持,还是留给灾区更需要的伤员用吧!"多好的军

二十六、团队领班

队！多好的子弟兵！地方同志流下感动的泪水。

政治处主任李之云，1962年8月入伍，河南太康人，个子高高的，很是魁梧，也爱抽烟。他有一个习惯动作，就是爱皱着眉头，好像每时每刻都在思考问题。那时候，我经常被团政治处的肖振富、郭永良等干事找去抄材料，经常看到李主任和股长、干事在一起挑灯夜战，研究材料，商量事情。有时还看到几个人有的在稿纸上执笔写材料，另有几个人围坐在桌子旁，你一句我一句在凑材料，李主任抽着烟，在屋子里也不坐着，而是转来转去思考着什么，听到谁凑的句子好，就用拿烟的手挥挥说："这句话好，赶紧写上！"有时不赞成谁的意见，他就倒背着手，皱着眉头说："你那个话不行，不能那样说！"多少年以后，我也到了政治机关，才知道这就是"推材料"，是政治机关最常见的场面，也是机关领导和机关干部的一项基本功。当然，现在机关的"推材料"也先进得多了，不仅有过去常见的茶杯、烟灰缸，还增加了电脑、投影仪、打印机、刻录机、课件资料……信息化装备一应俱全。

李主任很会抓问题，看问题尖锐，工作有预见性和魄力，是我在部队这么多年佩服的领导干部之一。在唐山救灾期间，他组织政治处机关总结了我们连发扬"打得好、团结好、纪律好"传统，抗震救灾战场立新功，还有二营四连弘扬"博山连""无坚不摧"作风，在震后第十三天抢救出女工卢桂兰，三营九连看守成百上千吨食品物资秋毫无犯、不拿群众一针一线的经验，有力推动了团队各个阶段抗震救灾任务圆满完成。李之云主任还与政治处机关同志一道，按照师团党委的部署，深入开展救灾一线入党立功活动，他把这项活动看作是战争年代杀敌立功活动的继续。通过重大任务识别部队，识别官兵，历来是我们这支部队的优良传统。在火线入党活动中，团党委还特别强调要发展少量新

战士入党,这个少量也就是掌握在每个营两名左右。我就是当时这个政策规定的受益者,刚入伍半年就在唐山抗震救灾一线加入党组织,救灾结束时又荣立三等功;第二年就被团政治处列为"干部苗子";第三年的年底,被提升为"行政23级干部",成为年轻的军官;第四年的6月又由机枪一连排长提升到团政治处干部股任干事。说真的,这一切,都是在自己毫不知情的情况下得到的,都是党组织的关怀培养,是当时以政治处李之云主任、宣传股姜自申股长、干部股吴永乔股长为代表的那些领导干部无私关心帮助的结果。

我们团后勤处长史进发,河南郑州人,大个子,性格爽朗,业务熟悉,也是比较精明强干的一位老同志,里里外外一把手,是团队的好管家,在执行抗震救灾任务中发挥了重要作用。还有政治处副主任温之寿、王家壮等首长,都是独当一面的好领导。至今,我很想念他们。只是因为我当时还是一名新兵,无法更多地走近他们。有的虽后来工作上有过接触,人比较熟识,但也已失联多年。有时偶尔能得到一些消息,知道其中许多的人都已不在人世了。时至今日,我对当年的那些部队老领导、老战友都难以忘怀。

二十七、增长见识

在唐山抗震救灾期间,我经常被团政治处找去抄材料。那时候,团级机关连简单的机械打字机也还不普及,仅有一台机械打字机远远不够用,就是那种带有铅字盘的,打一个字,去字盘找一个字,速度快不起来。一般的材料都是靠手抄:在玻璃板上铺上方格纸,然后垫上三四张复写纸,第一张用圆珠笔写,写时要用力些,因为不用力的话,下面那几张就印不清楚。有时股长、干事们在一个屋子里凑材料,我就在一个屋子的另一张桌子上或另一个屋子里负责誊抄。

这抄材料的过程,无疑也是一个学习提高的过程。显而易见的一个效果就是练字。那时,干部调往政治机关工作,首先要能写得一手好字,字写得漂亮是一大优势;字写得七扭八歪,往往过不了选人这一关。中国历来就有"字如其人"一说。天天在机关帮着抄材料,耳濡目染,跟着政治处那些写字好的股长、干事模仿学习,字体慢慢也会发生变化。我在师政治部工作时就发现,一个团政治机关写的字往往是一个模样,团与团之间风格各有不同,这就是所谓"近朱者赤"吧!抄材料还有一个效果就是,能与机关的股长、干事们混个脸儿熟。时间长了,大家相互

间问寒问暖,备感亲切。

我觉得抄材料的收获还有就是提高写作能力,抄的过程本身就是学习和鉴赏的过程,边抄写边看人家是怎样用词组句的,文章的结构又是怎样搭建起来的,引用了哪些生动事例,用的什么叙述方式,等等。时间长了,写作能力就会大大提高,许多机关干部都是从抄材料做起的。

其实,抄材料最大的收获就是接受教育。唐山抗震救灾期间,政治机关写的材料大多是救灾中先进单位和个人的典型事迹,有许多情节是非常感人的。

比如,我在一个材料上看到,一天,三连五班的战士们给群众送粮送水,在一个简易防震棚里发现一位年过七旬的老大娘,腰腿受了伤,不能动弹,家里仅有一个十来岁的小女孩侍候,棚屋里到处是碎石乱瓦,卫生也是脏乱差。战士们立即动手把大娘先抬到其他屋子里去,把她住的棚屋里里外外帮助收拾一遍,打扫得干干净净的,然后又喷上防疫药水,又把老大娘接到棚屋里。两名战士又找来温水,帮助大娘擦干洗净身子,给她换上干净衣服,还买来沙甜的西瓜,一勺一勺地喂给大娘吃。从这以后,五班的战士们轮流到老大娘家值班,喂水喂饭、请医送药、端屎端尿,什么活儿都帮着干。在他们的精心照料下,老大娘的身体很快恢复过来。

一天夜里,突然下起瓢泼大雨,风声雨声惊醒了老大娘,她侧耳细听,棚屋外边传来五班长与本班战士的对话:"班长,油毡纸不够了,这个角怕要漏雨!""不要喊,把咱们的雨衣都盖上!""手脚轻点儿,别惊醒了大娘!"棚屋里的大娘再也躺不住了,她从床上坐起来,高声呼唤道:"孩儿们!快进来,别在外边淋着!"战士们浑身上下淌着水,光着脚丫子进来了。望着这些把自己当做亲娘一样对待的解放军战士,老大娘激动得说不

二十七、增长见识

出话来,泪如雨下。

像这样生动感人的事情,在唐山地震灾区,还有很多很多。我还在抄写的材料中看到,八连官兵冒着余震危险,接力钻进废墟洞里,救出一对姐妹的故事;看到机枪二连战士童国平舍生忘死救群众,家中遭灾不顾家的事迹;看到八五炮连战士抢救国家财产,连续奋战三天三夜没有合眼,赶在下大雨前将一批贵重物品安全转移的事迹;看到团卫生队积极主动为灾区人民服务,想尽千方百计救护群众伤员的事迹,等等。通过一桩桩、一件件生动感人的事迹,使我看到了人民军队官兵具有的爱国主义和革命英雄主义精神,看到了我军优良传统和作风在新一代军人身上闪光。思想上受到洗礼,精神上受到熏陶,对自己的军旅生涯乃至整个人生都产生了积极的影响。

救灾战场就是一部人生教科书,也是一个社会大舞台。对于像我这样刚步入社会、涉世未深的年轻战士来说,是一次精神和意志上的加钢淬火,一次灾难和坎坷中的磨炼,革命世界观、人生观和价值观的奠基。使我在20岁上,知道了人生许多时候,境遇是不以人的意志为转移的,遇到大灾大难该如何应对?是正视它,想办法战胜它,还是被它吓倒,一蹶不振,心灰意冷?这种选择确实在自己的掌控之中。选择不一样,结果也就不一样。成功和幸福往往属于那些能够同甘苦、共患难的人,属于那些"种善因、结善缘、求善果"的人。

据一班长王永常回忆,地震中,我们连队在一座废墟上,发现一名无家可归的六七岁的小姑娘,父母和哥哥、姐姐都遇难了,一个人坐在那里哭泣。但她记得自己家的门牌号码以及父母和亲戚的姓名等情况,连队的战友立即帮助她寻找亲属,好不容易在一片棚屋里找到小姑娘的大妈,得知地震中她大妈的丈夫和儿子都遇难了,女儿也被砸瘫送到外地救治,见了自己的小侄女

1976 红星在唐山闪耀 ★

1976年底,唐山抗震救灾庆功会后,师团首长与作者的老连队官兵合影。中间举奖状者左为连长侯传义,右为指导员耿仁虎,后排中间的战士为作者

面无表情,并不愿意认领,没有办法,连队只好又把小姑娘领回连队,并逐级上报申请按孤儿集中抚养。就在第三天的早上,小姑娘的大妈焦急地辗转找到连队来了,一见到小侄女就抱在一起痛哭一场,然后两人高高兴兴地走了。说起来这事也可以理解,由于大地震这突如其来的横祸,给人们心灵带来的创伤太大了,很容易使人一时心灰意冷,万念俱灰;经过一番思想斗争,倘若能够换一个思维想事情,与其叹息,不如珍惜,振作精神,勇敢地面对灾难,可能还有新的生活在明天等待着。大地震已经过去四十多年了,当初六七岁的小姑娘也已经近50岁了,如果她和大妈都健在,互相之间也是个依靠啊!

救灾中,还让我这个20岁的年轻人,汲取到充分的正能量和英雄气。几十年的军旅生涯,我觉得,生存环境对于一个人的成长实在太重要了。倘若跟着一个有水平、有思想,富有正能量的领导,你的思想和行为就总是被向上牵引着,唯恐赶不上领导的思维与步伐,见贤思齐的紧迫感大为增强,长此以往,自己的

二十七、增长见识

能力和素质也就提高得快。回想抗震救灾中与我朝夕相处的连长侯传义、指导员耿仁虎等连队干部，一班长王永常、二班长申三元、三班长张蜀、四班长尚彦礼、七班长荣世忠，老兵李业发、高志文等战友，还有抄材料时我在团政治处认识的那些主任、副主任、股长和干事们，哪个人身上的品质、思想和能力都是我需要一辈子好好学习的。我庆幸自己在当兵之初能遇到这些高尚的人，有本事的人。几十年来，是他们一直在牵引着我前行。

让我大开眼界的还有，社会主义祖国"人心齐、泰山移"，人多力量大、办法多的优越性。更加坚定了永远跟党走、坚持社会主义不动摇的信心和决心。尽管大地震带来的破坏性对于一个城市来说是毁灭性的，尽管救灾工作也受到当时极左思想和路线的干扰，但整个社会运行机制还是爆发出巨大的能量的。一次大毁灭带来一次大重生和凤凰涅槃。一方有难，八方支援，这句朴素的话，是当时社会运行机制的精准概括。社会主义制度，为修复地震带来的创伤起到了无比高效的保障作用。灾难中迅速重生、迅速崛起，给了我们人生以无穷无尽的力量，也让我们真切地感受生活的美好，见证人的生命力之顽强，见证党和社会主义祖国之伟大，见证人民军队的优良传统和作风之宝贵。

唐山抗震救灾，是培养锻炼人的熔炉和学校。铭记历史，铭记灾难，铭记英雄，铭记教益！

二十八、震后重生

解放军255医院，自20世纪50年代初组建以来，一直驻扎在唐山市。原来，他们保障的部队单位主要是24集团军部队，2003年底24集团军撤销改编后，主要保障驻唐秦地区陆海空多家部队单位，还担负全军应急机动卫勤保障任务。当年抗震救灾中的许多伤员都送到这家医院救护。

2016年5月，因工作关系我到255医院调研，医院现任院长樊晓斌指着办公楼和其身后几栋新建的家属楼说："首长您看，这些楼址上原来的楼房地震中都垮塌成废墟了，医院领导和医务人员一家子都埋在里面没出来的有很多。"他又指着办公楼东边一个有假山和树木的景区说："您现在看到的这个景区，那假山就是用当年的废墟改造而成的。医院震后在废墟上填了一些新土，种上些草木，对于医院里许多经历过那场大地震的人，也算是个念想吧！每逢'7·28'，来这里献花祭祀的人很多……"此情此景，又引起我对往事的回忆：当年就是在这片土地上，发生过多么惨烈的景况！大地震使那么多的人在此地丧生，又有多少人在这片废墟上哭喊、挣扎和抗争啊！

255医院地处唐山大地震的震中位置，地震造成医院11座楼

二十八、震后重生

房全部震毁,当时在医院的工作人员、休养员和家属、孩子共有1300多人,震后脱险者只有40余人,脱险的人中还有部分伤者。院党委委员除有一人重伤外,其余全部遇难。当时,医院政治处有一位叫吴忠民的干事,从废墟里爬出来以后,当即与另外4名共产党员组成临时党支部和救灾领导小组,并及时成立起指挥、政工、抢救、医疗、警卫和后勤几个小组,立即投入紧急救援。内一、内二科的党员们自动组织起来,迅速到倒塌的楼群里寻找生命迹象,先后救出压埋在废墟中的46人。政委赵康君是强震过后上级派来担任新职的,家也在唐山,他没有顾上料理地震中遇难的女儿,立即与大家一起投入紧张的战斗。副政委刘祜地震时正在外地出差,当他坐火车、倒汽车,加上快速步行,心急火燎、气喘吁吁地赶回医院时,得知家中爱人和孩子6口人全部遇难,他顿时觉得天旋地转、如雷轰顶,当即晕倒在废墟旁。醒过来后,他强忍悲痛,没有歇息,就迅速投入抢救他人的战斗。大家劝他好好休息一下,别累坏身体时,刘祜副政委说:"旧社会地主的皮鞭没有使我屈服,战场上与日本鬼子拼刺刀我没有惧怕过,大地震也休想震垮我!假如家人活着,她们也会支持我这样做的。"在筹划指挥本院紧急救护任务的同时,这位从旧社会和战争年代走过来的老党员,亲自带领医院第一支医疗队,奔赴工矿、机关和居民区巡诊治疗,有时连饭也顾不上吃,水也顾不上喝,披星戴月,昼夜奔波,唐山灾区,处处留下他和战友们

255医院医务人员在唐山震区展开搜救

的身影。

在"7·28"大地震那个凌晨,255医院副政治协理员董连峰,艰难地从废墟堆里爬出来,隐约听到隔壁传来呼救声……当时,他清醒地知道,家里垮塌的房屋里,还埋着自己的爱人和独生女儿,隔壁声音显然是自己的战友。此时先早一分钟救谁,谁就多一分活着的希望。董连峰突然想到,隔壁两口子都是医院的医疗骨干,早些救出他们,就能增加医院救援力量,使更多受伤人员及时得到救护。他毅然决然地走向隔壁废墟,用两只手连挖带刨,手指头都磨出血来也全然不顾,一个念头救战友,终于将隔壁两名军医救出,然后才去救自己的家人。爱人救出来后活了下来,可爱的独生女儿却因埋压时间过长再也没有醒来。两名被救军医紧紧握着董连峰的手,哽咽地说不出话来,董连峰说:"别说谢我!快去救人要紧!"

军医孙喜梅家住在医院外边,脱险后赶紧往医院跑,迅速加入抢险救人的队伍。整整忙了一天,到了晚上,回到帐篷一看,才发现自己左腋下两根肋骨断了,撕裂般地疼。她看到大家都忙着救护伤员,便没有吭声,悄悄用胶布纱布作了固定,继续参加抢救。护士李爱玲的头部和腿部受了伤,战友们给她找来止痛针剂,她接过来却给一位受伤的群众伤员注射。她们在用实际行动践行着"把生的希望留给群众,把死的危险留给自己"的誓言。地震过后,十几分钟以后,就陆续有地方伤员送到医院来,医院当时既无器械也无药品,他们想尽办法,迅速组织力量抢救医院医疗器械和药品库,积极抢救群众伤员。震后11天,医院恢复了门诊,展开100张床位收留伤员。震后两个月,就恢复了震前300张床位的收治能力。他们还坚持巡诊医疗,送医送药上门,两个月巡诊3966人次,门诊伤病员3084人次,收治伤员329人。唐山市各界群众称医院是"震不倒、压不垮的钢铁医院"。1977年6

二十八、震后重生

月，经中央军委批准，给第255医院记集体二等功。这个医院还有2人记一等功，9人记二等功，54人记三等功。

2008年5月12日，四川汶川发生8级强烈地震，造成69227人遇难，17923人失踪，37万多人受伤，是继唐山大地震之后国内最为惨烈、伤亡人数最多的一次地震。根据中央军委和北京军区的命令，255医院野战医疗所，作为全军应急机动卫勤保障力量，跨越数千公里，紧急驰援四川绵竹地震灾区。他们携带目前全军最先进的第二代野战医疗方舱，到达震区仅两个小时，就展开一所现代化的流动野战医院。其救援条件远非当年唐山抗震救灾所能比拟。这个医疗方舱，可以同时展开4台手术，同时对4名重症患者进行监护，以日均通过450名伤病员、最高达647名伤病员的速度，成功抢救了被困八天八夜、处于严重休克状态、被公安部评为二级英模的公安民警赵刚和姜明全，成功挽回了13名高危产妇和198名重症急症伤员的生命。在震区通信中断的情况下，他们充分利用我军最先进的远程会诊系统，成功救治了被困96小时、颅脑严重受伤、生命垂危的矿工赖元平，被医疗专家誉为世界医学史上的奇迹。他们实现了地震灾区的三个第一：野战医疗方舱第一次综合实战保障检验，战区外野战远程会诊车第一次实现多点对一点的专家会诊，野战血站与野战医院第一次实战伴随保障。并且，还实现了野战医院与地方医院的适时结合，大大提高了灾区医疗救援的质量与效率。

从唐山抗震救灾中成立第一支抗震医疗队，到在绵竹震区迅速建立起第一个流动野战医院，255医院的经历标志着我军应急机动救援力量建设的飞速发展，更彰显了在大地震中重生崛起的这所医院，以人民利益为重，想人民之所想，急人民之所急，帮人民之所需的爱民情怀。他们不愧为人民子弟兵！

2014年4月14日，青海玉树地区发生7.1级强烈地震，造成2698

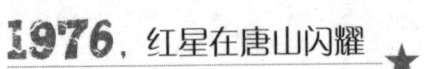

人死亡，270人失踪，12135人受伤。根据中央军委命令，北京军区抽组以255医院为主，另配属一个汽车营，上级两级机关部门部分人员加强的野战方舱医院，于玉树地震的第二天4月15日开赴玉树执行抗震救灾任务。这是一次远程跨区机动，从唐山到西宁铁路输送2600公里，从西宁到玉树摩托化机动917公里。期间，道路崎岖，坡陡弯急，需翻越13座海拔4000米以上的雪山。45台车辆全部单人驾驶，所有队员都是第一次上高原，越走海拔越高，越走空气越稀薄，越走气候越恶劣，医疗队员们高原反应症状越来越明显，司机极度疲劳，途中险情不断。尤其到海拔4577米的花石峡兵站以后，夜降大雪，气温骤降到零下20多度，饥饿、寒冷、缺氧、疲劳交织在一起，使每个队员几乎丧失了行动能力。车一停下来，司机大多数立即瘫睡在驾驶室里，都是被搀着走下车的；许多同志呕吐不止，有7位女队员先后处于昏迷状态。在这种情况下，方舱医院领导科学指挥，严密组织，及时展开宣传鼓动和保健教育，全体医疗队员发扬不怕苦、不怕死的精神，以超常的毅力，顽强的斗志，闯过一道道难关，创造了海拔最高、机动路途最远，战胜生理极限长途跋涉的记录。艰难行进45个小时，终于安全抵达指定地域——玉树县结古镇扎西科赛马场。

　　玉树地区平均海拔4400米，含氧量只有内地的50%，气候瞬息万变，昼夜温差近30度。方舱医院82%的官兵有程度不同的高原反应，轻者头痛失眠、呼吸急促、恶心呕吐，重者血压升高、心律失常，甚至失去行动能力。执行任务初期，水电暖不能正常保障，官兵们连续一周洗不上脸，刷不了牙，每天只能用雪擦一把脸，很长时间只能食用自带的方便食品。在紧张救治阶段，平均每天门诊量在450人次以上，手术平均每日16台次以上。转入正常救治阶段，有2.3万各地救援大军进驻扎西科赛马场，医疗任务异常繁重。国家卫生部和青海省卫生厅专门发文：鉴于当地气

二十八、震后重生

候条件，救援部队和援建人员，在玉树一线停留时间每批原则上不能超过15天，每天工作时间一般不得超过6小时。而方舱医院的医务人员，平均每天工作时间都在10个小时以上，官兵们在灾区一口气奋战了147天，是救灾时间最长、任务量最大的部队，也是玉树震区唯一没有进行人员轮换的部队。他们本着"减少死亡率、降低致残率、提高治愈率"的原则，坚持不抛弃、不放弃，只要送来的伤病员有一线希望，也要尽全力抢救，实行24小时轮流值班接诊，全天候、全方位为伤病员服务，保证了医疗秩序正规、医疗质量高效。他们还联手解放军总医院、第三军医大学、西藏高原病救援队等全军全国医疗骨干力量，开启远程会诊系统，确保诊断准确、处置得当。先后成功救治第一例高原病患者，实施了第一例眼科显微手术，有效抢救重度烧伤的藏族女孩西来、溺水休克儿童青梅多杰等，受到当地人民群众特别是少数民族同胞的高度赞扬。整个玉树抗震救灾期间，255医院医疗方舱医院共医治伤病员23286人次，手术1647台次，抢救危重病人859人次，救治成功率达100%。没有出现一例感染病例和医疗差错与纠纷。中央宣传部把方舱医院作为"抗震救灾英雄谱"成员单位加以重点宣传。玉树县领导感动地说："解放军真是把玉树当成自己的家，把伤病员和当地群众当作自己的亲人哪！"

从汶川、玉树地震医疗救援队员身上，我看到了当年唐山抗震救灾中，255医院的前辈们，诸如医院原政委赵康君、副政委刘祜、副政治协理员董连峰、政治处干事吴忠民和女护士李爱玲等人的影子。四十多年过去，尽管医院官兵换了一茬又一茬，医院生活、医疗条件等硬件设施改善很多，但永远不变的是我军的优良传统与作风，是全心全意为人民服务的精神，是唐山大地震中挺立起来的雄伟壮丽的那座丰碑！

敬礼！光荣的255医院；敬礼！光荣的白衣战士。

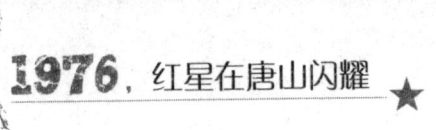

二十九、孤儿不孤

在四十年前的唐山大地震中,据不完全统计,全唐山幸存的孤儿有4200多名。这些孩子最大的16岁,最小的出生未过百天,他们在一夜之间失去温暖的家庭,沦为孤儿,心灵普遍受到严重冲击。倘若是在水深火热的旧时代,不知要有多少孩子流离失所,甚至面临夭折的危险。然而,在五星红旗的护佑下,党和政府向这些不幸中万幸的孩子们伸出了温暖的手。

1976年8月24日,也就是地震过后的第27天,根据中央和河北省委的部署安排,在河北省石家庄市和邢台市各创办一所以收养和抚育唐山地震孤儿为主的"育红学校"。

集幼儿园、小学、中学于一身的石家庄育红学校,仅用一个月时间就建成投入使用了。孩子们吃穿住全部由国家供给。当年9月8日,地震过后第42天,一辆载着800多名孤儿的专列,从唐山地震灾区出发,向着目的地石家庄和邢台驶去。在这些孤儿中有3名仅几个月大的女婴,石家庄育红学校校长董玉国给这仨女婴分别取名为党育红、党育苗、党育新,后来被人们亲切地称为唐山孤儿"党氏三姐妹",她们虽然没有血缘关系,但共同的遭遇把她们的命运联系在一起,在党的阳光下幸福地成长

二十九、孤儿不孤

着。1980年8月,年仅5岁的党育红,被奥地利人汉斯夫妇收养,远渡重洋,去了奥地利首都维也纳。作为中奥友谊天使的党育红没有更改自己的名字,只是按照奥地利人的习惯,在名字后面加上父名,叫育红·施奈德尔。后来,育红毕业于维也纳时装大学时装设计专业,出落得亭亭玉立的她能讲一口流利的德语,但她不忘学习中文,不忘自己的根在中国,不忘自己的第二次生命是共产党、解放军给的。党育苗和党育新在育红学校生活学习了8年时间,从婴儿室到幼儿园再到小学,她们的脑海里没有"爸爸妈妈"的概念,只有阿姨、老师和校长的亲切模样,以及"共产党、祖国和解放军叔叔"这些神圣的字眼。1984年6月,党育苗回到了唐山,住进了社会福利院,由国家供养读完了小学和中学。又过了十年光景,被中央军委授予"唐山抗震救灾模范红二连"的部队代表来震区走访,当年抗震救灾时这个连队的排长,此时已任38集团军112师335团政治处主任的吴兰恩把党育苗接到自己家中,从此,党育苗有了父母双全的家,后来育苗参加中国人民解放军,成为一名光荣的医疗卫生战士,从事救死扶伤的神圣事业。"党氏三姐妹"中的党育新在9岁那年,由一直在寻找她的姥姥将其接回唐山,靠国家发的生活费和学习津贴读完小学和中学,为了减轻国家和家庭负担,她接着读了一所纺织技工学校。

震后,唐山市专门出台一项特殊优待政策,对中学毕业后不再升学的地震中的孤儿,由市劳动局

育红学校校长董玉国与"党氏三姐妹"在一起

优先安排就业,并尽量安排到经济效益较好且具备食宿条件的单位工作。1995年4月,党育新来到唐山市康复医疗中心,在化验室当化验员,后来又到残联部门工作。她始终用党育新这个名字,她说:"在育红学校,我学会的第一首歌就是《党啊,亲爱的妈妈》,没有共产党,就没有我的今天,我一辈子热爱党、跟党走。"除了做好本职工作,她还积极做好志愿者的工作,经常帮助残疾人排忧解难。

说到唐山地震中的孤儿,我还有过难忘的一件往事。

20世纪90年代初,我在北京军区政治部干部部任调配处长,一天有位退休老干部来到我的办公室,进门开宗明义说是为女儿上军校的事儿找我寻求帮助的。我说军校考学不是找关系,考不够分数找也没用。老干部见我有些急,就说:"马处长啊,这孩子不是我的亲闺女!"原来,这个女孩是唐山地震中的孤儿。退休老干部叫肖爱诚,唐山抗震救灾时是解放军268医院的副院长,一天医院救治了一个无家可归的女婴,当时还未满周岁,也不知道叫什么名字,医院党委专门作出决定,给这个地震中的孤儿取名叫军培。从那时候起,肖副院长就收留了她,一直供养到上完高中。肖副院长老伴赵淑英患有癌症,生怕哪一天不在了无法再照顾军培,按照不同年龄需求给她织好尺寸不同的毛衣……听完肖老讲的这个故事我很激动,也很感动,也从老人口中知道了自己一直牵挂着的唐山孤儿的情况,多好的两位老人啊!这种情况应当给予适当的照顾。我当即向军区后勤部政治机关了解情况,让他们写出正式报告。然后,我又向干部部分管调配工作的副部长王宝星和时任部长章茂龙报告,章部长、王副部长也很同情这种情况,同意保送其入石家庄军医学校读书。后又经报时任北京军区政治部主任曹和庆批准,肖军培成为经特批入学的北京军区石家庄军医学校学员,毕业后被特殊照顾分配到北京军区总

二十九、孤儿不孤

医院工作。也就是从入军校那一刻起,肖军培终于知道了自己的身世,知道了养育她的父母并非亲生父母。她在痛哭一场后说:我知道了两位老人不是亲生父母,但我会更爱他们,是他们,是亲人解放军给了我第二次生命,我会以实际行动报答父母的养育之恩,报答党和人民军队的恩情。

作者发表于《北京晚报》1996年5月8日的摄影报道

不久,《解放军报》在"长征"文艺副刊上,刊登了我以此为素材写的一篇散文。后来,大概是1996年纪念唐山抗震救灾二十周年前夕,我又以图文并茂的形式,在《北京晚报》"好望角"摄影专版上,刊登了一篇题为《军培的故事》的摄影报道,占了晚报大半个版面,在首都各界引起很大反响。

以下就是我1992年9月,在《解放军报》"长征"文艺副刊上,刊发的题为《生命在爱中继续》散文的全文:

"医生,我可不能住院啊!"肖爱诚用颤抖的双手接过301医院主治医师开好的诊断书,对军医哀求着。肖爱诚,这位1938年12月参加革命的老医务工作者,此时热泪纵横:"缺血性脑血管病,就是再重,我也不能住院,女儿军培还在家里等着我呢!一到晚上,她就给我病房打电话,她离不开我呀!……我上了年纪,活着没有多大用了,她正读高中,可不能难为她……"人都说女儿和爸爸感情深,可肖爱诚和他的女儿军培并没有

· 161 ·

血缘关系!

16年前,唐山大地震,解放军268医院医疗队的同志们,在一片楼房废墟里发现了一个浑身七处受伤、高烧得不省人事的女婴,便立即把这个未满周岁的孩子抱在怀里,全力进行抢救,终于使孩子脱离了危险。但由于受地震惊吓,孩子异常烦躁,刚刚入睡又突然惊醒,大声哭闹。细心的护士们为了使孩子安静地休息,总是紧紧地把她搂在怀里,轻轻地拍着,慢慢地走来走去,不时地哼着动听的摇篮曲。一个护士累倒了,另一个护士接过来。就这样,这个不幸的孩子幸运地有了另一个新家,医院党委郑重作出决定,给孩子起名叫"军培"。当时,肖爱诚担任268医院副院长,主管医疗工作。对小军培,从抢救到治疗,他一直精心安排。一有空,他就到病房看望孩子,逗孩子玩。日久天长,小培培和他有了很深的感情,只要一听说"去肖伯伯家玩",她就赶紧爬到床头,自己拿衣服穿。吃饭时,见肖副院长进来,就推开护士,非让他喂不可。肖副院长也从心里疼爱这个孩子,对她时常朦胧地有一种面对女儿的感觉。

在肖副院长和其他医护人员的精心照料下,军培的身体一天天恢复。医院开始与唐山市有关单位联系,寻找孩子的亲人,可查了几个月也未查到。这时,有人提出把孩子送给社会福利院,也有两三户人家想收养这孩子。那天晚上,肖爱诚和老伴赵淑英一夜没有合眼,翻来覆去念叨着:"培培的伤还没有完全好,左腿腓总神经挫伤,走路还一拐一拐的,治不好还会有终身致残的危险,交给当地群众,实在不放心哪!"老两口有心

二十九、孤儿不孤

抚养这孩子,可又担心都是五十多岁的人了,肖副院长当时患有低血糖,得过脑血栓;老伴赵淑英身患癌症,1971年做过大手术。他们是怕孩子第二次失去亲人。第二天,老两口把这些想法告诉了两位老战友,两位老战友说:"尽管把孩子接家来,你们去世后我们管!"这下解除了老两口的顾虑,他们给医院党委写了一份报告,作出三条保证:一不要国家分文报酬;二负责治疗孩子的病;三如同疼爱自己的孩子一样疼爱培养。从此,肖军培成了肖爱诚夫妇的"掌上明珠"。为了孩子的健康成长,老两口付出难以计数的炽热、情爱和心血。

那年,军培得了肺炎,"妈妈"正在病中,自己走路还需要人扶着,可她执意去医院,昼夜监护,和保姆轮流抱着培培……

为了治好军培的腿病,"爸爸"抱着培培,跑遍了京城大小医院,四处请名医,买贵重药品,千方百计诊治。功夫不负有心人,培培3岁零7个月时,终于像别的孩子一样欢蹦乱跳了……军培上学的学校离家只隔两条马路,可肖爱诚坚持每天接送,一直到孩子上到四年级。遇到风雨天,他还把午饭送到学校去。他说,孩子不是个人财产,她是国家的,将来她能成为对国家有用的人才,我们也算尽到了做父母的责任,也才能对得起孩子的生身父母。16年过去了,小培培已是高中一年级的学生。一张美丽红润的脸蛋儿,个头儿超过了爸爸妈妈,成了一个亭亭玉立的大姑娘。肖爱诚已经67岁了,人老,眼花,背驼了,耳朵也有些聋,患脑血管等多种疾病。老伴赵淑英身患绝症,由于经常服用激素,身体肥胖，已行走不便。可两位老人对军培的疼爱之情，随着年龄的增长，更浓厚、更强烈了。他们总担心哪一天自己不在人世了，小军培生活上有困难，便以军培的名义存了一笔钱，说是供培培上完大学没有问题。赵淑英忍着剧烈的病痛，为军培做了3床被子，织了10多件毛衣，那件件毛衣，是按从小到大的顺序叠放的。小军培没有辜负父母和所有给予她爱的人们的期望，多次被评为三好学生。她的钢琴演奏在区里获过奖，在市里也名列前茅。在那场大灾难中殉难的军培父母，如九泉之下有知，也应该欣慰了！需要提及的是，军培至今还不知道自己的身世。她以为自己身边的父母就是世上最好的父母。而老两口琢磨着，应在生前将小军培真正的身世告诉她，让她知道这个世界充满着温暖和挚爱。

石家庄军医学校的学员们当时看到军报上刊载的这篇文章，一时议论纷纷，这些议论传到刚入学的学员肖军培的耳朵里，她这才知晓了自己特殊的身世。

唐山地震4000多名孤儿中，长大成人后，绝大多数人走上了医务、军人、记者、工程师、企业家、工人和个体私营业主的岗位，有近一半的人成为各个行业的骨干。热心公益慈善事业、先后向汶川地震灾区等地捐款捐物达4亿多元的天津荣程联合钢铁集团有限公司原董事长张祥青，唐山三友集团有限公司负责人、第十一届全国人大代表幺志义，唐钢首席科技专家张洪波，河北理工大学副校长朱立光等，就是他们中的佼佼者。

三十、矢志不移

在唐山，同因地震受伤截瘫的杨玉芳、高志宏夫妇曾于2008年写了一首歌颂解放军当年抗震救灾英雄事迹的诗歌，名为《见了你们格外亲》，2016年在纪念唐山抗震救灾四十周年之际，经新闻媒体传播后，引起热烈反响。

杨玉芳和高志宏夫妇在这首诗歌中写道：

> 三十二年了，我一颗感恩的心矢志不移
> 三十二年了，我在梦中还常常会追着
> 军旗下的绿色呼唤
> 现在常常会听到有人夸我们坚强
> 路上也常常听到赞叹
> 遭此厄运能如此坦然
> ——不简单
> 那是因为我们的心房充盈着绿色
> ——总是春天

感人肺腑的诗句，字里行间流露出对人民子弟兵的一片深情。

今年68岁的杨玉芳，从1981年入住唐山市截瘫疗养院，三十多年来，他与同为地震中受伤截瘫的爱人高志宏一起，创作了百余首描写震后截瘫患者心路历程的诗歌，还有一些小说和散文作品。先后出版了40多万字的长篇小说《凤凰吟》和20多万字的诗歌集《心地放歌》。夫妇俩至今还在寻找当年从地震废墟里救出自己的解放军小战士。

时间回到42年前，26岁的杨玉芳是某化工厂的一名工人，25岁的高志宏是刚刚从河北机电学院毕业的大学生。

那一个难熬的时光，高志宏终生难忘。废墟上的弟弟们找寻她的声音，废墟下的高志宏听得真切，她不断地呼叫着救命，声音却传不到地上亲人的耳朵里。渐远地，高志宏觉得呼吸越来越短促，憋闷着吸一点儿气都费劲，失去呼喊的气力。是高志宏的两个弟弟，不停地用手扒挖，手都磨出了血，才把昏死过去的高志宏从废墟中救出来。杨玉芳是被一个解放军小战士从废墟里救出来的，当时没有什么起重工具，全靠战士们肩扛手扒，搬走了压在杨玉芳身上的水泥预制板和碎砖烂瓦，使他重见天日。

经历了大地震，又遭受身残家破，截瘫伤员间比常人多了一些理解与沟通，杨玉芳与高志宏都喜欢文学和朗诵艺术，可谓志同道合，最初他俩在疗养院里一聊就是大半天。1984年五四青年节，这对相亲相爱的人结婚了，成为唐山市第三对震后截瘫伤员结婚的新人。婚后，夫妇俩努力自食其力，靠自己的双手创造幸福生活。杨玉芳在街口给人配钥匙，高志宏在家坐着轮椅做家务。他们说："虽然生活有些拮据，但我们珍惜拥有，也要努力过好日子。"在与截瘫带来不便的斗争中，他们收获着业余文艺创作的快乐。

艰苦的磨炼历来是成才的极好途径。成才路上，我们从来不鲜见那些身体条件并不具备良好基础的人。人的潜能发

三十、矢志不移

挥有时往往是在别人看来的不可能之中。历史上有被拘而作《周易》的周公，遭厄运而著《春秋》的孔子，被放逐乃赋《离骚》的屈原，大音乐家贝多芬竟是一位耳聋者！还有，《钢铁是怎样炼成的》作者奥斯特洛夫斯基，当代青年的楷模张海迪，特等残疾军人、失去双手、视力极其有限的朱彦夫写出长篇小说《极限人生》……这些，想起来让我们这些四肢健全的人应该感到汗颜啊！

国外有卫生组织专家曾预言，由于生理、心理和治疗技术等方面原因，唐山截瘫伤员最多可以生存15年。然而，四十多年过去，唐山地震3817位截瘫伤员中，有数位活到90岁以上，年龄最高者活到96岁。至今唐山市尚有960名截瘫伤员健在。许多人努力克服身残的不适，创造着生命的奇迹。

突如其来的大地震考验着人性。

空军某部飞行员闫志国在这场大地震面前交出一份出色的答卷。大地震发生后，闫志国刚结婚五天的妻子张胜兰，被石块砸致颈椎骨折，从此高位截瘫，失去了自理能力。闫志国精心照顾妻子四十年，不离不弃，感动了无数人。那是在1976年7月23日，闫志国和张胜兰经过两年多时间的恋爱，在唐山市郊外的一座军营里，举行了简单的婚礼，步入婚姻殿堂。闫志国的飞行员战友和机关部分干部参加了婚礼，买了一条烟和几袋糖果，统共只花了25元钱。本来，小两口准备7月28日回闫志国老家河北廊坊看望父母，原来打算从部队直接回老家，后来考虑在部队驻地乘车不方便，胜兰提议，晚上先到唐山市区住去，当时她家在市区有一间平房，正巧那天她身为军人的爸爸下部队了，房里空着没人。于是，小两口于下午4点多就从部队出发了，高高兴兴地到了市里住下来。一直到现在，闫志国还追悔莫及。因为大地震发生后，他所在部队营房基本上房屋没有倒塌，而他们所临时投奔去的市区，成为地震伤亡惨重

的重灾区。地震给闫志国留下的最深印象是"地光",一道蓝光从地面掠过,如霹雳一样,"咔啦"一声,照得天地通亮,声音大得吓人,轰隆声与人的喊叫声乱成一片。闫志国当即从床上坐了起来,但他起床后朝胜兰方向一摸,她没有反应。他打开门一看,门外全是废墟,根本无法出去。于是,他赶紧打开窗户,从窗户里又把新婚妻子抱出去,大约过了半个小时,胜兰才慢慢睁开眼,直喊脖子痛。他就把刚找到的碘酒往她脖子上抹,按说伤口抹碘酒是很疼的,但她却没有任何感觉。后经过几番周折,将张胜兰转到北京空军医院,经检查诊断为颈椎粉碎性骨折,颈椎严重错位。她的肩膀以下毫无知觉,医生判断人只能活3个月。闫志国一听这话一下子懵了,我们都还年轻,婚姻生活刚刚开始,如同两架比翼齐飞的飞机,刚进入跑道就有一架坏掉了,这对一个小家庭来说打击实在太大了!真是太残酷了!

实在不死心的闫志国四处投医问药,她又带妻子去天津464医院,让医院主管外科的副院长过来看了看,他在拍片探查之后认为,伤者的中枢神经还没有完全断裂,还有一丝相连,经过艰苦治疗,中枢神经还有恢复的可能,但这个过程可能是极其漫长的,大约需要25年时间。从只能活3个月到25年后会恢复,闫志国突然觉得眼前有了希望。

在最初的三年时间里,闫志国白天工作,晚上回家照顾截瘫的妻子。后来,家里人帮助他照顾胜兰。再回来,又专门请了保姆分担照顾伤者的压力。担心卧床久了会生褥疮,每天晚上,闫志国都要帮助张胜兰翻身、调整睡姿。这样的生活持续了许多年,两口子都习惯了。

张胜兰也曾有过厌倦生活的情绪,也劝过丈夫闫志国与自己离婚,再去寻找新的幸福生活。闫志国态度很明确,夫妻平时彼此之间要讲忠贞,患难时期要做到互相扶持。我们两个谁也离不

三十、矢志不移

开谁,离开我,她怎么活下去?她没有活下去的勇气,我活着也会没意思。刚受伤时,张胜兰的胳膊与手都没有知觉,除了眼珠子,浑身哪儿也不能动,经过反复治疗与加强锻炼,加

闫志国悉心照顾截瘫的妻子

上闫志国精心照料,张胜兰可以提起笔来能用左手写字了。她从年轻时就喜欢文学,无论住院还是在家里,闫志国都到图书馆里借小说给她看。渐渐地,张胜兰由读书看报开始自己尝试着写东西。1985年,她在空军报社社长的鼓励下开始写小说,在《空军报》文艺副刊的头条刊发了小说《他心中的歌》,并获得该报创作一等奖。从此,张胜兰找到了生命的寄托,每天都让丈夫在床上支起一个小桌子,扶她坐起来,用左手夹着笔,写好后再反复修改,直到自己满意为止。有一段时间,《空军报》专门拿出版面,连载她的作品。后来,还把这些连载的作品结集成书,书名定为《忧愁河》。因地震受伤截瘫,张胜兰失去了生育能力。她特别喜欢孩子,在病房里看到患病的孩子,她都让丈夫把孩子叫过来,问寒问暖,与他们说笑玩耍。从1985年起,闫志国就经常不断地给爱人买来一个个布娃娃,每一个布娃娃都起上名字。第一个布娃娃名字叫"盼盼",意在盼望张胜兰早日站起来。

闫志国和张胜兰这对震前5天刚刚结婚的夫妻,在特大地震灾害使命运发生重大转折之后,爱情依旧在,真情依旧在,以恩爱如初、矢志不移的实际行动谱写了人生爱恋的美丽乐章,为全天下所有夫妻树立了榜样。

三十一、人人有故事

2016年夏天,我的忆唐山系列在"我的卧虎湾"公众号上连续刊出,在战友们中间引起热烈反响。最让我感动的是,在老家河北景县,被确诊患了胰腺癌晚期的一位名叫房洪顺的战友,与我同年入伍,乘一个军列到的114师部队,只是当初我到的步兵团,驻在清风店;他去的坦克团,团部在唐县。在部队我们虽未见过面,但一个县入伍后提干的老乡,彼此都是知道的。这么多年,一直也没有联系,前不久,在同年战友微信"三七军列群"里,突然看到房洪顺发给我的一条短信:"马将军好!我是老乡战友房洪顺,这些天来,你的忆唐山每出来一篇我都在坚持看一篇,写得太好了!我现在手写不了字,发信息有些困难,有空语音聊聊吧……"一条不长的短信,竟有几处多字、错字。当时我想,这房洪顺老战友是不是得了现在流行的脑血栓之类的病了?怎么手不听使唤了呢!

到了晚上,就接到房洪顺的语音留言,他告诉我,去年在北京的301和304医院,诊断为胰腺癌晚期,已没有好的治疗办法,医生断言人活不过去3个月,现在经过调养和锻炼,又活了一年了。他说看了我写的唐山抗震救灾的系列文章,挺提气,一下子

三十一、人人有故事

感觉有精神了！他声音略有些哽咽地说："我想，当年咱们在唐山，看到那么多的人因灾而亡，有很多都是年纪轻轻的，还有的战友，为了抢险救灾受伤或献出宝贵的生命，一想起这些，我们都活了这么多年，有了工作，我转业回到衡水老家，也没有辜负部队的培养，还当上了县处级干部，工作咱从来没有含糊过，得到的荣誉也不少，应该知足了！现在身体有病了，还是要发扬唐山抗震救灾的精神，拿出不怕死、不怕苦、不怕累的劲头，没什么大不了的！太感谢老战友了！你写得太好了！对我来说是太及时了！这一个月感觉心情好多了，病也好多了！谢谢……"房洪顺一口气说了若干个谢谢，我也被他的话感动着，真没想到，我随意写的这些文字，还有着治病救人的功能和疗效，真是一举多得呀！

一连几天，"忆唐山"成为战友群里的热门话题。许多战友也通过这个小小的平台知道了房洪顺的病情，纷纷留言安慰、鼓励他，有的还表示要登门去看望他。我在语音留言里对房洪顺说："洪顺老战友！知道你病了的消息，我很震惊！听到你的声音我很高兴！如果你通过看我写的东西而病情好转，我更是感到高兴！本来我想早点结束这组文章的写作了，经你这样一说，我还准备再写几章，给你多输送点正能量，盼你能早日康复！不要听信医生的什么断言，他们许多的断言都已被实际情况打破，你一定要坚定信心，用顽强的精神与病魔作斗争，相信你能好起来！等病情好些时，咱们一起回唐山看看！"房洪顺后来给我回了语音，并很快加上我的微信。我从心底里，盼望这位老战友能够闯过这一关，创造生命的奇迹。

事与愿违，病魔无情。约在两个月后，我的老战友房洪顺还是带着对唐山抗震救灾那段岁月的无限眷恋永远离开了我们。

在原北京军区政治部编研部工作的一位战友，给我找到38军

1976 红星在唐山闪耀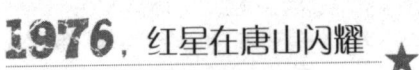

已故老政委苗敬芬写的回忆唐山抗震救灾的文章。从苗政委的回忆中我看到，当年7月29日凌晨4时，他到达唐山，即到设在机场的军区前指接受任务。随即赶往112师部队指挥抗震救灾。当时唐山余震不断，大地不停地颤动着，断梁废砖不时坠落，严重威胁着人民群众生命财产安全。部队不顾长途跋涉的饥渴与疲劳，全力抢救被困群众。哪里有呼声，部队就往哪里冲；哪里发现群众被压被埋，部队就在哪里摆开战场。走一路，救一路；走一街，救一街。先期到达的112师，当天从废墟中救出群众96名。在唐山人民医院附近，334团机枪一连的官兵听到有人呼救，经过两个多小时的奋战，救出14岁男孩王瑞松；高炮团官兵行进至唐山矿冶学院时，听说有一位叫李桂琴的学生被压在宿舍内，团政委周德兴带领部队立即施救，经过努力使这名学生获救。在抢救唐山火车站遇险群众的战斗中，战士们用钢钎凿、铁镐刨，先后在废墟上掏了9个洞。连长和指导员身先士卒，钻进洞里猫腰前行、匍匐爬行，寻找、抢救被压被埋群众，连续奋战15个小时，成功夺回了12名群众的生命。战士吴从树在抢救工人赵前民时，冒着余震的危险，先后7次钻进3米多深的洞里，用钢钎一点一点地打碎压在赵前民身上的水泥板，终于把这名工人救出来。许多官兵因过度劳累晕倒在废墟旁，醒过来又冲上去；许多官兵被钉子扎穿了脚，砸破了头，砸伤了胳膊，仍不下火线，顽强战斗。在扒挖、搬运碎砖烂瓦、楼板钢筋时，几乎每个人的手都是血肉模糊，却没有人吭一声。

随着时间推移，遇险群众生还的希望越来越小，但官兵们不放弃最后一线希望，认真细致地呼唤、寻找、挖掘。震后第八天，在和平路南新街4号倒塌的房屋里，救出被埋8天的孩子王文胜。震后第13天，又在商业医院抢救现场救出被埋压303个小时零38分钟的妇女卢桂兰。

三十一、人人有故事

原在北京军区政治部组织部工作了几十年的老战友李庆国，给我转来唐山抗震救灾时任114师342团八连连长、后任武警海南总队司令员的张明义写的回忆文章，回顾了他作为连长带领部队救灾的日子。他写道：当时八连

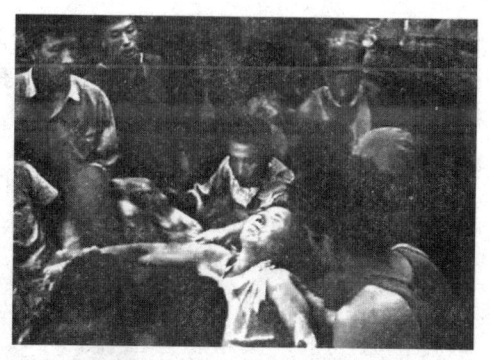

341团四连抢救出震后13天生还的女工卢桂兰

官兵人人身着红背心，上面印着"四平攻坚爆破战斗模范连"，这是一个英雄的连队，解放战争中在四打四平时，连长下向荣带领全连抱着炸药包冲向教堂，英勇牺牲，那次战斗下来，整个连队只剩下两个人——连队的荣誉是前辈用鲜血和生命换来的！现在，接力棒传到我手里，我要带领全连在没有硝烟的战场上创造新的辉煌！开滦煤矿一座四层宿舍楼塌成了饼，在车灯照耀下，官兵们手扒肩扛挖出了一家三姐妹和父亲的尸体，唯一幸存的妹妹痛不欲生。这时，一排长阎成海报告发现有活人，张明义立即命令炮排增援。5吨重的阳台压住出口，调来吊车奋力掏出一个小洞，官兵们像猴子捞月亮似的救出田慧敏一家四口。一家人高喊："毛主席万岁！""解放军万岁！"在沈阳工作的田慧敏的父母知道后激动万分，后来专门赶到部队谢恩。一连救出几个活人，使全连士气大振，连长张明义攀上钻下抓紧侦察救人，指导员李树瑞一把拉住他的胳膊："连长！现在余震频繁，你这样干不想活了？"张明义说："老李，不要管我，救人要紧！"后来，八连又救出二轻局干部许庆贞、交通局干部王振林、高家父子等。每救出一个人，都要费尽周折，几乎都有官兵虚脱在废墟旁。

张明义连长年轻时的身体素质相当不错，但到了唐山震区

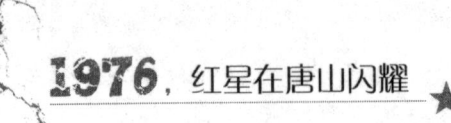

之后，因劳累过度，身体连续数天透支，再加上喝游泳池的水，扒完死尸就吃东西，一个月后他真的撑不住倒下了，先后转到团卫生队、师医院、278医院和103医院抢救，还准备送北京、天津的大医院……一周粒米未进，体重骤降二十多斤。每天都是连部通信员张桂元，一手高举输液瓶，一手扶着连长，下病床、进厕所。护士们说，这个英雄连长怕是危险了。远在家乡的父母知道后也担心极了，父亲想办法让儿子转到自己工作的106医院。救灾后期，团长宴金锁、政委赵俊堂到医院看望张明义，告诉他，北京军区拟授予他们连队"唐山抗震救灾模范八连"荣誉称号。多年以后，已是武警海南总队司令员的张明义，在湖南张家界与连队通信员张桂元重逢，想起那段生死之交，两位老战友喜极而泣。

　　唐山地震年代在114师炮兵团政治处工作，后与我一同在114师政治部干部科和38集团军政治部机关工作，转业地方后在天津市委外宣办任副主任的老战友龚铁鹰，回顾起唐山震区地方那些共产党员在关键时刻的卓越表现：建委二局一公司一位老党员，从震后废墟里爬出来后，人们告诉他孩子还压在废墟里，他忍着眼泪，没有顾自己的家，马上去救其他工友。四处的党委成员也只剩下一位副书记，人们刚从废墟中把他救出来，他就忍着腰部剧烈的痛，在病床前召集党委扩大会，研究组织救灾事宜。

　　与我一个连队但比我早当一年兵的老战友范金城，是河北省盐山县人，入伍第三年被保送到石家庄步兵学校深造。他特地打来电话，深情回忆起唐山抗震救灾的日子。那会儿，范金城因患阑尾炎刚住院手术回到连队，一听说有抗震救灾任务，便积极要求参战。在救灾现场，由于没日没夜苦干，又都是脏活累活，加上数天无法洗澡清洁，他的阑尾手术刀口感染，被第二次送到医院消炎缝合。伤口刚刚长好，他又迫不及待地投入战斗。"那个时候，咱们毕竟都年轻啊！浑身有使不完的劲儿！看到唐山人民遭难心里着急啊！"电话里的范金城还是那么爽朗、豁达。

与我同年入伍的山东莱州籍战友张国斌，说起到唐山震区第四天，他被派往从玉田向市八中操场拉运物资，那是一个车队的大米和面粉。由于不熟悉行动路线，他一路带车，一路打听，走到最后，发现车队已经越过八中，多行驶了好几公里，没办法又赶紧组织车队掉头。由于震后街道上杂物多，道路变得很窄，费了很大的劲儿才调转过头来。这么多年来，张国斌还时常为当初自己的失误而内疚。那时候，灾区的老百姓像盼星星、盼月亮一样盼望早日分到粮食，吃上热饭热菜呀！我一个连队的老战友、内蒙古的宝根柱，还深情地回忆起，那时尽管吃的喝的都困难，但面对救灾物资中那些能吃的和能喝的东西，大家非常自觉。每次路过果品库、饼干袋，都绕开走，连眼睛都不往那个方向瞅。

是啊！唐山抗震救灾中，军地党员、官兵和群众在关键时刻表现出的可贵品质，就是一笔笔宝贵的精神财富。时间越长，越如陈年老酒那样，发出绵绵醇香；越如清晨的雨露，滋润着大地的禾苗。

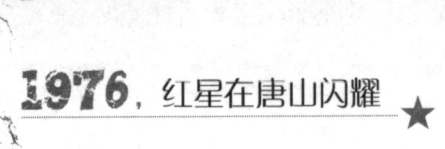

三十二、联合作战

近些年入伍的年轻官兵可能不大清楚，在我们当兵的那个年代，北京军区部队序列里，还有着三个兵种部队，即军区炮兵、装甲兵和工程兵，均为正军级单位，分别编有司令员、政委等首长和司政后机关，领导机关的位置分别部署在北京市的香山、石景山区的邵家坡和黑石头。军区部队赴唐山抗震救灾的命令，在给几个野战军下达的同时，也给军区炮装工兵种部队同时下达，各个兵种部队立即收拢部队，从各自驻地向唐山震区进发。

据时任军区炮兵副司令员的李玉琪将军回忆，军区炮兵接到救灾命令后，他与时任副政委齐路安及部分机关干部，组成军区炮兵抗震救灾前线指挥部，率3个炮兵师、19个医疗队，共8500多人，780多台车辆，于地震当天从华北地区的四面八方直奔唐山，开始一场艰巨而又紧张的抗震救灾的战斗。高炮67师师部驻地在秦皇岛市，当时还属于唐山地区一个县级市，由于部队距唐山市较近，进入重灾区的时间早，仅高炮67师一个师就救出群众3473人。官兵们穿残壁、钻狭洞，时而猫腰前行，时而匍匐爬行，许多官兵为抢救群众手上、腿上、脚上被划伤、扎伤，有的被砸负伤，甚至献出生命。在极其艰难困苦的情况下，部队冒着

三十二、联合作战

余震，争时间、抢速度，全力以赴抢救群众。

在抢救被埋压群众的同时，军区炮兵19个医疗队积极开展医疗抢险救援。震灾中受伤的群众大多为骨折和内外复合伤，不少人伤势严重，需要进行紧急处置和手术抢救，医疗救护任务急、难度大。各医疗队废寝忘食、夜以继日，先后治疗伤员15.6万余人次。仅一个炮兵团的卫生队，在8个昼夜里，医治伤员8000多人，抢救重伤员490人，做急救手术160例，使许多生命垂危的群众转危为安。对于那些重伤员，炮兵部队专门组织了转运力量，先后将万余名受伤群众转移到外地治疗。炮兵部队官兵还在炎热酷暑的条件下，执行清理和掩埋尸体任务，干部战士小心翼翼地把尸体从废墟中挖出来，清理干净尸体上的泥土污物，然后用布包扎好，搬运到指定地点掩埋。在半个月时间里，军区炮兵部队共收尸体5869具，掩埋尸体5367具。部队在震区还积极帮助群众解决吃住问题，安顿群众生活，帮助他们恢复生产、重建家园。某高炮团收留了5个无依无靠的孤儿，大的16岁，小的7岁。官兵们待他们如自己的弟弟妹妹，吃穿住用样样照顾得很周到，几位孤儿长大后有的参军入伍，有的考上大学，有的进了工厂。他们不忘解放军的恩情，还经常回到部队探望官兵亲人，前些年，《解放军报》还专门刊登过一篇《地震中的五姐妹到部队探亲》的通讯，读来很是亲切感人。

军区装甲兵部队是在时任副司令员程超带领下奔赴唐山抗震救灾的。他们主要负责东起唐山市委大楼，西至新华旅馆，南至新华中路，北到小么马路区域内的救援任务。在这个区域内，有市人民医院、工人医院、开滦医院、开滦第三招待所、新华旅馆等12个重要目标，楼房密集，高层建筑物和流动居住人口多。区域内楼房全部倒塌，大批人员被压被埋，救援任务十分繁重和艰巨。部队到达后，立即大规模展开搜救和救援。程副司令员不顾疲劳，跑遍所有抢险点，及时解决救援中的问题，掌握救灾的第一手资料。

开滦医院原是一座7层大楼，建筑面积大，结构复杂，底层钢筋结构，水泥灌筑，楼板厚达30多厘米，里边埋压500多人。部队集中力量组织对这所医院的救援，动用100多人抢救幸存者，集中400多名官兵，配备6台吊车，昼夜奋战，清理全部尸体和医疗器材。某装甲步兵团排长宋有来，临危不惧，冒着生命危险爬上仅存一角的7层楼的残壁，背出一位幸存者，就在他背着那名群众刚离开残壁时，仅存的一角轰然倒塌了，人们都为宋有来排长捏着一把汗。装甲步兵团3营战士刘长国和张建新在一座家属楼的残垣断壁中，硬是靠一把大锤、一根钢钎，砸开水泥板，救出两个哭喊着的孩子。震后第8天，装甲步兵团1营机炮连连续奋战10多个小时，从危楼内救出青年工人王树彬。装甲兵部队许多官兵家在离唐山不远的蓟县和丰润等地，家中不同程度地受灾，但大家一心扑在抗震救灾任务中，没有一个同志离开自己的岗位。1营机炮连连长王文斌的家在天津蓟县，得知家里三间房屋全部倒塌，爱人受了伤，一家人无处可住。但他想到自己是一连之长，在关键时候不能离开岗位，他只是让家乡来人带回去50块钱，就义无反顾地带领连队投入救灾之中了。据原坦克1师副师长叶文辉回忆，该师部队在唐山抗震救灾期间，共抢救出264名幸存者，挖出遗体2700多具，掩埋尸体3700多具，诊治伤员14万多人，转送伤病员2800多人。时任唐山市委书记许家信紧紧握着叶副师长的手说："坦克1师部队能吃苦、敢打敢拼，有很强的战斗力和突击力，不愧是人民解放军的坦克部队啊！"

北京军区工程兵部队当年参加唐山抗震救灾，投入了3个野战军的队属工兵，1个工兵团和1个舟桥团，两个建筑团和一个工兵支队，还有军区工程兵机关医疗队。广大官兵英勇无畏，攻坚

三十二、联合作战

克难,发挥专业特长,在抗震救灾作出了独特的贡献。

据时任军区工程兵司令部作训处处长、后任军区司令部工兵部部长的范登辉回忆,7月28日凌晨地震时,他作为上级工作组主要成员正在驻天津的舟桥85团下部队,是头一天的下午刚到的。地震发生10多分钟后,舟桥团领导班子的主要成员,不约而同来到团队战时地下指挥所,当即作出决定:第一,团队领导就地进入指挥位置。第二,由副团长郑先负责营区内部队脱险救援,搭建临时防震棚;副团长郭小贵、副政委许志林负责收拢在外驻训官兵,保持装备和后勤保障良好水平,使之处于临战状态。第三,机关抓紧拟制相关行动方案,不打无准备之仗。第四,迅速向上级报告情况,请求任务,随时准备开赴救灾一线。

当日上午,在通信设备受损、与军区机关和天津警备区联系不上的情况下,范登辉处长与驻天津66军司令部作训处联系上了,不一会儿,时任66军政委费国柱打来电话,告诉范登辉地震中心在唐山,津唐间通信联系中断,天津市损失也比较严重。费政委还指示,舟桥团立即做好一切准备,待命出发。紧接着部队行动命令就下达了:舟桥团立即开赴宁河县芦台镇,执行抗震救灾任务。一出天津,舟桥部队与66军救灾先头部队相遇了,指挥员看到舟桥团的队伍里有150多台舟车、运输车和大型机械,马上调度部队给舟桥团让路,争取以最快的速度投入架桥战斗。只有桥通了,部队才能前进啊!

蓟运河在华北地区属于中等河流,横挡在天津和唐山之间,由西北向东南汇入渤海,主河道既窄又深。强烈地震造成蓟运河大桥坍塌,使天津通往唐山的交通要冲中断。前往灾区救援的人员、车辆、物资,以及从唐山灾区转移出来的伤员,全被阻隔在河的两岸。当务之急,就是在蓟运河上架设一座浮桥。蓟运河正常水位时水面宽不足160米,流速为每秒2米以上,但舟桥直接泛

水相当困难。除被震断的大桥两侧10米处，经人工改造可以直接泛水以外，别无其他选择。舟桥官兵大半天还没有来得及吃上一顿饱饭，这时大家迅速跳入湍急的水流中，清除水中杂物，确保舟车泛水安全。其他的泛水点，则是由官兵们把一节节单舟、一根根桥杠、一块块桥板，通过60米长、30多厘米深的泥泞河滩，推、拉、扛到水中。在这种艰苦复杂的条件下作业，多数官兵身上不同程度地受伤，但没有一个人叫苦喊疼，更没有一个人离开作业岗位。经过舟桥团官兵6个小时的奋战，终于架通了159米长的浮桥及其相应的配套设施，保证了后续救灾部队和运输人员物资车辆顺畅通过。截至1976年年底，这座浮桥共通过车辆15万台次，过往人员120余万。当地群众称赞说："这座桥，是用亲人解放军血和肉搭建起来的军民连心桥！"时任中共天津市委书记解学恭、总后勤部部长张宗逊将军亲临芦台慰问部队。舟桥团的团长、政委作为先进单位和个人代表，在天津受到了以华国锋总理为团长的中央慰问团的亲切接见。在架设浮桥中发挥主力作用的舟桥85团1营荣立集体一等功。

唐山抗震救灾，也是一次诸军兵种的"联合作战"，当成为和平时期人民军队遂行非战争军事行动史上重要的一页。

值得一提的是，20世纪80年代初，部队精简整编，炮、装、工部队建制撤销，相关部队转隶各野战军、集团军。其中归建38集团军的某工兵团，2001年4月，被确定为中国国际救援队重要成员单位，主要担负工程支援保障、抗洪抢险、抗震救灾、国际交流等任务。他们先后赴新疆、四川汶川、青海玉树等地执行地震救援任务，并参与阿尔及利亚、巴基斯坦、伊朗、印度尼西亚、海地等国际救援任务。唐山抗震救灾的精神和传统在他们身上发扬光大，红星依然在熠熠生辉！

三十三、历练中成长

我在"我的卧虎湾"公众号刊出唐山抗震救灾纪实后的一个中午,手机里突然接到一个陌生号码发来的短信,只有一句话:"刘中立正在河南郑州认真阅读您的《四十周年忆唐山》。"刘中立?那不是我当年在唐山抗震救灾时的营教导员吗?一个和蔼可亲的政治工作干部,也是曾对我的成长进步给予过关心帮助的人。我在唐山救灾期间入党立功,都要经过营里审批把关。抗震救灾结束后的第二年,营首长还曾抽调我到营部代理过一段书记工作。刘教导员转业河南后,从事检察工作,20世纪90年代初他来北京检察官学院学习时,我们还见过面,一晃又是二十多年过去了,联系方式也不知道了,突然接到他的信息,不由得一阵惊喜。

按照信息上的号码打过去之后,老教导员很是高兴。他今年72岁了,已退休多年,和我的老连长侯传义同住郑州市,他是从老连长那里知晓我的手机号码的。说起当年的抗震救灾,我们俩都陷入回忆之中。刘教导员告诉我,他是到唐山抗震救灾不久从我营一连指导员直接提升为营教导员的,我也记起,刚当兵时,营教导员叫高文廷,后与副营长叶青海一起调到石家庄高级步校

工作。刘中立走马上任后,面对繁重的抗震救灾任务,如何抓好营连党委支部班子建设,充分调动官兵投入抢险救灾积极性,始终保持部队高昂士气与安全稳定,如一副重担压在他的肩上。过了不多久,就有两件棘手的事摆在面前。

一件事是,副营长叶青海和二连连长王永山都是辽宁老乡,平时两个人在一起就爱开个玩笑,逗嘴皮子玩。这一天,二连在营部帐篷的北侧不远处挖了一个脏水池,专供战士们洗漱或洗衣服后倒脏水。一开始还没有人注意,但正逢夏天,气温很高,不几天脏水池里就飘出些臭味儿。这一下,叶副营长真火了:好你个王永山,竟敢在营部帐篷后面泼脏水!他气冲冲地跑到二连,找到王永山连长,二话没说,上来就给了他的胸部一拳,这王永山一看,当着连队这么多兵的面,副营长竟动手打人,这气说啥也不能受,也上来回了副营长一拳。要知道,这叶副营长虽然个头不大,脸黑黑的,但是侦察兵出身,浑身是功夫,没事还天天想找人练两手呢!遇到事儿上更是不含糊了。一来二去,两个人撕打起来。营部的通信员向刘中立教导员报告了情况,刘教导员迅速跑过去"灭火",强拉硬拽把叶副营长拉回营部。论资历,叶副营长比刘教导员入伍还要早一年,任副营职也比刘教导员早一些,也就是说,教导员在一连当指导员时,叶青海还给他当过副营长。现在教导员领导起副营长尤其是不爱服输的叶副营长来,还真得讲究点艺术呢!那边,二连的官兵眼巴巴地看着自己的连长吃了亏,也是一肚子怨气,许多老兵都气呼呼地要到营部来找副营长算账呢!

那几天,刘中立分别找叶青海和王永山谈了几次心,他除了引导他们重温人民军队官兵一致、兵兵一致的优良传统以外,对叶青海处事方法简单,甚至有些粗暴的问题,直言不讳地提出了批评,说:"你作为副营长,只是觉得王永山与你是同乡,遇

三十三、历练中成长

事不冷静，简单从事，大庭广众面前动手打人，太不应该了！没有一个营级干部的样子！何况现在还是在灾区，给人民群众带来什么样的影响呢？这是怎么也说不过去的，必须深刻检讨错误……"找王永山谈话时，他批评他作为连长也有自己的问题，在污水坑的位置安排上失误失策，讲叶青海是火爆脾气，一时冲动出了手，连长应该及时消火，不要以强对强，使矛盾激化，要从自身多找问题。经过苦口婆心地做工作，叶青海和王永山都想通了，愿意各自在连队军人大会上作深刻检查。刘中立又到二连，与一些老兵谈心交心，他对老兵们说："副营长和你们连长，由于是一个地方来的，说话相处都随便，这次是有些过分了，都认识到自己的错误了，你们也就不要揪住不放了。"后来，二连召开了军人大会，叶副营长和王连长各自作了深刻诚恳的自我批评和检讨。刘教导员到会，分析了问题的性质和危害，教育全连官兵正确对待，也代表营党委承担了责任。就这样，各方面的气也消了，二连的污水坑也挪了位置，叶、王二位重归于好。

另一个是三连副连长杨风保，是个大烟民，夜里蹲在露天厕所里抽烟，掏打火机时不小心把自己心爱的一支钢笔掉进了便池，于是就心疼地拿着手电筒在便池里照着找了半天，最后也没有把那钢笔捞上来。等他无可奈何地从厕所里出来，外边男男女女几个地方群众，把他堵住了，说他耍流氓，非要送他到部队领导那里说清楚。原来，当时在地震灾区，男女厕所都是连着的，挖一条大沟，上边搭上些木板，然后用席子和塑料隔开围起来就是厕所。杨风保在这边又是抽烟，又是打手电筒乱晃，引起了女厕所那边解手的人的警觉，于是人家悄悄找来人要抓现行……一行人吵吵嚷嚷着到了营部，刘中立听完各自情况陈述，半天没吭声，过了一会儿，他叫来营部值班员，一面吩咐他带几个人把临时厕所戒严片刻，说是帮助杨风保副连长捞钢笔，实际上也是要

检验一下这位副连长所说情况的虚实。一面把几位群众让到办公室，家长里短、天南海北地聊起天来。不一会儿，营值班员和两名士兵回来了，从一个报纸卷着的纸筒里倒出一支还冒着臭气的上海金笔，那个年代能用上这样一支钢笔的人还不算多。几位群众看到这种情况也有些不好意思起来，说了一些道歉的话就走了。刘中立把杨风保留下，劈头盖脸地一阵猛批：你小子简直混球了！立即回去给我写检讨！不要以为你那钢笔找到就完事了，对你这种做事不动脑筋的人，就应该好好修理修理！不然早晚有一天你会惹出什么祸来！至今，已经退休多年的刘中立，讲起这些事来，还是深有感慨。他觉得唐山抗震救灾就是一个大课堂，也是一个大熔炉，有心人、有志者，都能够在这里摔打磨练，学到很多有益的东西，汲取到很多的营养。

在唐山大地震四十周年前夕，我的一位战友张顺军接到当年在唐山震区被救出的老乡来信，称几十年来一直在寻找亲人解放军、感念亲人解放军，一个偶然的机会使他知道了当年抢救自己的一位解放军班长的下落，这才与张顺军联系上，信中诚邀张顺军与当年战友，在唐山抗震救灾四十周年之际，重返唐山，参观新唐山景象，共叙当年鱼水深情。张顺军已转业地方退休多年，他和众多参加过唐山抗震救灾的战友一样，这么多年来，仍心系唐山，怀念过去战斗的岁月，关注唐山地震幸存者的命运和新唐山的发展变化。接到唐山这位老乡的邀请，他深深被这位老乡感恩精神所感动，即应约召集当年参加过唐山抗震救灾的6位战友一起，拟在7月28日之前重返唐山。没几天，那位唐山老乡就给张顺军寄来单程路费，并告诉他在唐期间的食宿等事项也已安排好。张顺军他们几位如期而至，见到了唐山新貌，瞻仰了唐山抗震救灾纪念碑和纪念墙，参观了抗震救灾纪念馆，在有他们当年救灾的图片面前久久驻足，眼前浮现起当年艰苦卓绝的救灾场

三十三、历练中成长

面。在游览过程中，他们也了解到，邀请他们去唐山的这位老乡日子并不富裕，原来做生意攒了点钱，这几年生意不大景气，为了筹集这次报恩的活动，他竟卖掉了自己的一辆轿车，但这位老乡一直表现得非常高兴、乐观，像实现了自己多年的夙愿。张顺军他们几位战友了解到这一情况后，便七凑八凑了几千块钱给老乡留下，还自己结算了旅店的费用和返程的车票。临分别时，张顺军他们反复叮嘱老乡：今后遇到什么困难尽管联系，能帮的一定帮到底。

像这样知恩图报的唐山人还有很多。1969年出生的张祥青，在唐山地震中失去双亲成为孤儿，白手起家靠做废钢生意创建天津荣程联合钢铁集团，共向国家纳税30亿元，为社会提供7000多个就业岗位，安置下岗职工3500多人，截至2014年，张祥青累计向社会捐款捐物达4亿多元。一场特大地震灾害，深受灾难的人民群众知党恩、念军情，参与救援的人民子弟兵深切感受到军民鱼水情。愿这种深厚情谊越来越浓厚，成为社会发展的巨大推动力。

三十四、别情依依

随着天气转凉和其他救灾任务的完成,一个艰巨的任务又摆在救灾部队面前。转眼冬天就要来临,住在简易棚里的市民怎么过冬呀?要在那么短的时间里新建住宅楼肯定来不及,必须抓紧建起相对保暖一些的抗震过冬房过渡一下,而且要保证灾民入冬前全部住进去。于是我们的任务就转向建这种抗震过冬房。那些时日,班长们都拿起了瓦刀、吊线尺子,天天忙着砌墙垒屋;我们又抢起了铁锹、水桶,忙着和泥、搬砖。部队官兵成为多面手,什么活儿都能干,不然到哪儿去找那么多的专业技术工人呢!

所谓的抗震过冬房,就是先用红砖垒起一米多高的墙体,屋顶前高后低,用沥青毡子搭建,窗户玻璃都用白色塑料布代替。和泥这活儿,在农村老家时,我几乎每年都要干。那时农村都是泥土房顶,每年雨季前都要用麦秸和泥,把房顶子抹上一遍。记得我和二哥干这活儿比较多,我们在泥土旁边放上一台半导体收音机,边和泥边听那些红歌和现代戏……没想到,当兵以后,又重操旧业,干起这和泥的活儿来。和泥时在地上挖个大坑,将土调匀、倒水,唐山没有麦秸,就把稻草掺和进去,反复一搅和就

三十四、别情依依

成了。墙砌好后,就再用这样的泥,把内墙抹上厚厚的一层,以利于保暖。屋子里的床也都是砖垒起来的,类似农村那种土炕。我们这些新兵,除了和泥以外就是打下手,如同大医院的手术室做手术时那

战士们在帮助灾区群众搭建简易住房

样,班长作为大师傅,俨然就是"主刀",他一挥手或一伸手,你就得知道是需要砖呢,还是需要木料。一个领会不到位,递错了东西,班长轻者瞪你一眼,重者就要数落几句。我那时没少让三班长张蜀冲着我瞪眼睛。其实,许多的成熟和经验,都是从这一次次被瞪眼、数落中炼成的。

经过一个多月的建房劳动,亲眼见到在我们手里,一排排整齐、美观的抗震过冬房建起来了,就像那个年代一片片的工人新村。看着一家家灾民搬进这样的"新居",心里也有一种成就感和安慰。

与抗震过冬房相配套的,还有商店、邮局、菜市场,甚至还有礼堂剧院,都是我们救灾部队帮助建的。我们临近的步兵二连,就是先建邮局,又建礼堂。他们连队有个叫白小平的班长,南方人,脸白白的,多才多艺,打篮球、踢足球、部队唱歌当指挥,样样在行,个子虽不算高,但长得匀称,很精神。当时灾区驻地一个长得很漂亮的姑娘悄悄迷上了他。连队建礼堂时,白小平站在脚手架上抹泥砌砖,那姑娘就站在不远处死死地盯着他看,半天都不挪动地方。旁边的老兵给白小平开玩笑说:"白班

长，你真成了姑娘眼中的白马王子啦！你到底有意没意啊，赶快给人家姑娘回个话呀！"白小平只是笑而不答，继续利索地干他的活。那时，部队有明文规定，士兵不准在驻地谈对象，何况还是在临时救灾的地方。最后，听说白小平还是婉拒了姑娘的追求，这段爱恋没有了下文。

在抗震救灾的后期，我们还协助八一电影制片厂拍摄反映唐山抗震救灾的影片，也不知是纪录片还是故事片，反正当时动用的部队不少，拍摄的镜头都很有气势。有时让我们乘上解放牌汽车，摩托化开进；有时让我们徒步扛着铁锹、镐头、铁锤猛跑。拍片之余，我们还到人民群众家里，帮助他们修整院落、清理垃圾、打水扫地，有什么活就干什么活，就像在自己家里一样。我看到，震后的人们也慢慢从悲痛之中走出来，尽快将生命里这痛苦的一页翻过去。毕竟他们还要活下去，日子还得一天天地过。有不少因灾导致残缺的家庭，又组合成了新家。许多重新结成夫妻的甚至连手续都未来得及办理。四十年过去，当时已经四五十岁的人，如今都成了八九十岁的耄耋老人，但愿他们都还幸福地生活着。当时部队也做好了在唐山地震灾区过冬的准备，把帮助灾区人民重建家园，建设新唐山当做自己义不容辞的使命和责任。10月底，北京突然传来命令，要求我们立即撤离灾区，回部队原驻地保定执行军宣任务。为此，我们连夜动员，迅速做好部队回撤准备。

许多市民知道了部队要走的消息，他们连夜来到部队住的棉帐篷前，表达依依不舍的情谊。有个腿脚不利落的老大娘坐在轮椅上，让家人推着来到连队，拉着连长指导员的手哽咽道："解放军亲人哪！你们的大恩大德，今生难报，我就是来生也要回报啊！"还有的家长领着几个孩子，在连队的帐篷前，又是唱歌，又是跳舞，表达对子弟兵的深厚情谊。

三十四、别情依依

战士们与灾区群众依依惜别

为了不惊动群众,第二天凌晨,天刚蒙蒙亮,部队就整好行装,绿色的解放牌汽车在大街上整齐地排成长长的车队。我们迅速依次登车……可不一会儿,群众就从四面八方涌来了,有大人、有孩童,还有拄着拐杖的老人。他们目不转睛地盯着每一个参加抗震救灾部队官兵的身影,有的掏出手绢不停地擦着眼泪。有的敲锣打鼓,有的载歌载舞,有的拿着装有鸡蛋、香烟、水果、糖块儿的塑料袋……霎时间,街道两旁都挤满了送行的人们,许多人激动地流着热泪在招手致意。

望着欢送的人们,我的眼睛也湿润了。我在想,他们中间,一定有那个被我们从废墟中救出来腿受了轻伤的老师吧?不知他何时才能重新走向讲台呢;他们中一定有我们从倒塌房屋中救出来的婴儿吧?不知她长大了会从事什么工作,地震那可怕的一幕在心里会留下怎样的印记;他们中一定有被我们从水泥预制板下救出来的那位老人吧?不知他是否找到自己的亲人;他们中一定还有我们从阳台边上救出来的那位妇女,她是否走出悲痛的心境，重新组成了家庭；他们中肯定有我们在去游泳池找水回来的路上接济过的那些舀水的群众，肯定有我们拿着水龙头给分过从市郊拉来的清净水的人们，肯定有我们帮助盖简易棚、抗震过冬房的兄弟姐妹们……你们好！此时此刻，我多想从军车上跳到你们中间去，握握你们的手，听听你们的心声，与你们拥抱，与你们话别，向你们问好，为你们祝福！

车队就要开行了，乡亲们不顾我们的阻拦，把香烟、糖果、水果，抛向我们乘坐的车厢。车队走到哪里，哪里的人们就欢呼、跳跃、沸腾起来。锣鼓声、欢呼声，响彻云霄！这欢呼声，发自肺腑；这锣鼓声，传递着亲情！唐山抗震救灾的四个半月，是同甘共苦、风雨同舟的四个半月；是战胜困难、共度时艰的四个半月；是考验意志、磨练斗志的四个半月；是军民一致、军政团结，结下深厚友谊的四个半月；是展示中国人民解放军文明之

灾区群众夹道欢送抗震救灾部队

三十四、别情依依

师、威武之师、胜利之师形象的四个半月。对部队来说,也是一个漂亮仗啊!

经过寒冷的人最能够感受到太阳的温暖。从地震废墟里爬出来的人们,从黑暗中重新看到阳光。共产党是大救星,解放军是最亲的亲人。经过这场大灾大难,他们更加热爱生活、热爱人生、热爱唐山这块多灾多难的土地!他们更加热爱伟大的党,伟大的祖国,伟大的人民军队!直到现在,与我一道参加唐山抗震救灾的许多战友还深有感触地说:"从军以来,说到军民鱼水情,最刻骨铭心的当数完成唐山抗震救灾任务,部队回撤时人民群众欢送我们的情景。那是真真切切发自内心、亲如一家的一种情感,那是在雷与电、血与泪中结下的一种情谊。弥足珍贵,让人终生难以忘怀!"

再见了!英雄的、亲爱的唐山人民;祝福你!凤凰涅槃、浴火重生的新唐山。

后　记

  2016年7月，我动笔写《1976，红星在唐山闪耀》一书，原题为《四十周年忆唐山》，一口气写了三十多章，计10多万字。一边写，一边发在"我的卧虎湾"公众号平台，引起广大网友读者的极大兴趣。有几次因事没有按时发出，就有网友和朋友询问缘由；同时也引起了军报记者网、北京博物网、军贸圈、河北新闻网、环渤海新闻网、腾讯大燕网、河北凤凰网、山西新闻网、广东在线网、唐山印象、唐山发布、深度唐山等六七十家网站和公众号融媒体平台的关注，都争相转载，这是我始料未及的。

  为了更全面、系统地记录历史，我利用在原北京军区政治机关工作过的便利，查看了当年军区部队抗震救灾的一些珍贵资料，还采访部分部队老首长和老战友，尽可能地全景展现这场特大紧急救援行动的全过程，更多更好地反映与歌颂广大官兵和灾区人民群众抗震救灾的可贵精神风貌。

  唐山抗震救灾期间，我们在一线抢险救援，始终得到了来自方方面面的关怀照顾和灾区人民群众的爱戴关心鼓励。北京军区专门派出战友歌舞团到灾区慰问演出。记得驻地的老大妈为我们在抢险现场的官兵们送开水，还拉着我们这些新兵的手，帮我们

后 记

擦去脸上的汗,心疼地说:"孩子!你们太辛苦了!在家也还是个孩子呢!大热天儿的,这么一个劲儿地晒着干活儿,大妈真是心疼啊!"说得我们心里真是热乎乎的。

  在抗震救灾一线,连队的干部身先士卒,以身作则。党员骨干抢挑重担,勇猛顽强。他们都把我们这些新兵当作小弟弟甚或小孩子,既注重摔打磨炼我们,又注意关心爱护我们,使我在体味到人民军队官兵一致优良传统的同时,又感受到一种离家后仍然延续着的伟大母爱和兄弟般的手足情谊。从那时候起,就在我的心里种下一颗种子,这就是无论是战争年代还是和平时期,官爱兵,兵尊干,是部队战斗力的源泉。带兵贵在带心,带兵贵在爱兵。从军四十多年,如果让我谈带兵的心得体会和成功之道,最主要的就是这一条。

  在抗震救灾的日子里,给了我无限关爱的还有来自家庭的温暖。父亲赴唐山抗震救灾一线看我,那亲切的教诲如久旱甘霖,是对我的激励与鞭策。母亲在让弟妹代写的家信里千叮咛万嘱咐,是期盼更是力量。还有我的大嫂二嫂,都给我做过布鞋。母亲上了年纪后,用针线纳布鞋底子有些困难了,都是在20世纪70年代中期娶到我家支撑门户的大嫂给我纳鞋底做布鞋,二嫂由于当时在县塑料厂工作,还未过门就给我做塑料底的布鞋,鞋做好后都是寄到清风店营房大本营里,尔后由留守的病号、老班长唐玉山定期和不定期托人捎给我。家中亲人这浓浓的爱意一直在温暖着我。这么多年也使我亲身体会到,在家里,当老三真好,从小少受不少罪与累,但又多享受着"老嫂比母"的亲情,实为难得的幸福。

  这次写这部作品,我有文思泉涌之感。可能是由于自己亲身经历,又经过了将近四十年的沉淀的缘故,一坐在电脑前,当年救灾的场景就浮现在眼前,那些过去朝夕相处的领导和战友就从

1976. 红星在唐山闪耀

远处向我走来，他们都还是那么年轻、帅气，还是那么英武、潇洒，还是那样汗流浃背，那样饥渴难耐，还是那样充满激情和正能量。他们与我一起回到1976年7月末到11月上旬那段日子，那看见我们的同胞躯体被埋压、被砸死砸伤，身上是泥是土是汗是血，眼在流泪、心在滴血的日子！他们和我一起哭一起笑一起欢呼一起雀跃，他们随时随地为我提供那些靠苦思冥想写不出来的故事的细枝末节，每一个故事都令我心灵震颤，撼动着我的心魄。

四十年，虽是弹指一挥间，但对一个人的生命来说，已过去近半生！我的连队战友们，人生境遇已发生了很大的变化。老连长侯传义转业到河南省郑州市公安局工作，现在已年过七十，身体虽患有癌症，做过手术，但情绪颇为乐观，精神头很好，堪称"抗癌明星"，现在还担任"编外连长"的角色，战友们哪家有了难事大事，还都要找他商量，他也主动热情相助，是战友之间相互联系的桥梁纽带。老指导员耿仁虎转业到辽宁省大连市金州区经委工作，前些年因患肾病去世了。彝族战士黑孜孜拉离开我们也已四十多年了。副连长侯庆云、老班长李业发、唐玉山、边辉峰，文书李子星、报道员吕建华、同乡战友崔世华、韩文才也先后离开人世。当时在唐山煤炭医学院学习的在校生李新光得过脑梗，语言表达也有一些障碍。还有七班长荣世忠，我前些年在63集团军炮兵旅当政委时，部队到宣化驻训还专门绕到他赤城县清洋沟的家里找过他，这些年又失去联系；后来，连队几位老战友辗转找到荣世忠的老家，一打听，这位老班长已经因病离世三年多了。我们团抗震救灾时的政治处主任李之云，因意外事故身体致残，多年来一直处于植物人状态。每次到病床前看望他，我都有如鲠在喉之感。

唐山抗震救灾在我的军旅生涯和人生履历中，无疑是浓墨重彩的一笔，对于我的人生走向和军旅轨迹产生了重要影响。唐

后 记

山情结也将伴随终身。这个位于冀东的工业城市的今与昔、喜与悲、盛与衰，每时每刻都牵动着我的心。

唐山大地震四十周年之际，我在工作之余把这段所见所闻的经历写出来，也算了却了自己的一件心事。许多逝去的岁月变成文字，于己是个纪念，于人可以分享。相信我的老连队的首长和战友们，包括已经不在人世的那些战友兄弟，知道我做了这件事，也会感动与欣慰的。

特别令人振奋和高兴的是，1990年，唐山市政府因灾后重建的巨大成就荣获联合国人居中心颁发的"人居荣誉奖"。经过四十多年的建设，凤凰城唐山真的在展翅腾飞，成为矗立在冀东大地上的一颗渤海明珠。与雄厚的物质基础和飞速发展的经济相适应，新唐山的精神文明建设和社会建设、生态文明建设也展示出强大的生机活力。"公而忘私、患难与共、百折不挠、勇往直前"的唐山抗震精神已经成为改革开放、社会发展前进的巨大推动力；一个英雄城市，正以崭新的精神风貌展现在世人面前。

我的唐山，我的爱恋。这辈子，我与唐山结下的不解之缘，会成为一汪清泉，永远滋润着我的心田。动人心魄忆唐山，魂牵梦绕想唐山，夜以继日写唐山，发自内心祝福唐山。

唐山，凤凰城，英雄城！请接受一个有着四十多年戎马生涯老战士的军礼！

2016年7月唐山大地震四十周年初稿
2018年12月定稿于北京